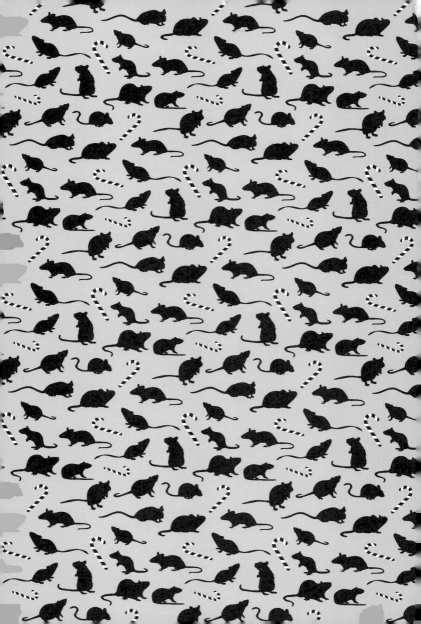

O Quebra-Nozes

CLÁSSICOS ZAHAR
em EDIÇÃO BOLSO DE LUXO

Aladim*

Peter Pan
J.M. Barrie

O mágico de Oz
L. Frank Baum

A Bela e a Fera*
Madame de Beaumont, Madame de Villeneuve

O jardim secreto*
Frances Hodgson Burnett

Alice
Lewis Carroll

As aventuras de Pinóquio*
Carlo Collodi

Sherlock Holmes (9 vols.)
Arthur Conan Doyle

As aventuras de Robin Hood
O conde de Monte Cristo
Os três mosqueteiros
Alexandre Dumas

Mowgli: Os livros da Selva*
Rudyard Kipling

Arsène Lupin (6 vols.)*
Maurice Leblanc

Contos de fadas
Perrault, Grimm, Andersen & outros

O Pequeno Príncipe*
Antoine de Saint-Exupéry

Mary Poppins
A volta de Mary Poppins*
P. L. Travers

Títulos disponíveis também em edição comentada e ilustrada
(exceto os indicados por asterisco)
Veja a lista completa da coleção no site zahar.com.br/classicoszahar

Alexandre Dumas
E.T.A. Hoffmann

O Quebra-Nozes

INCLUI TODAS AS ILUSTRAÇÕES ORIGINAIS DE BERTALL

Apresentação:
Priscila Mana Vaz

Tradução:
André Telles
Luís S. Krausz

8ª reimpressão

Copyright © 2018 by Editora Zahar

Grafia atualizada segundo o Acordo Ortográfico da Língua Portuguesa de 1990, que entrou em vigor no Brasil em 2009.

Capa
Rafael Nobre

Projeto gráfico
Carolina Falcão

Ilustrações
Bertall (1820-1882), para a edição de 1845 de *Histoire d'un casse-noisette*, de Alexandre Dumas (Paris, J. Hetzel, 2 vols.).

Preparação
Geísa Pimentel Duque Estrada (francês)
Laís Kalka (alemão)

Revisão
Tamara Sender
Carolina M. Leocadio

CIP-Brasil. Catalogação na publicação
Sindicato Nacional dos Editores de Livros, RJ

D92q	Dumas, Alexandre
O Quebra-Nozes / Alexandre Dumas, E.T.A. Hoffmann; tradução André Telles, Luís S. Krausz. — 1ª ed. — Rio de Janeiro: Zahar, 2018.
il. (Clássicos Zahar)
Tradução de: Histoire d'un casse-noisette.
Título original: Nußknacker und Mausekönig
ISBN 978-85-378-1798-8
1. Ficção francesa. I. Hoffmann, E.T.A. II. Telles, André. III. Krausz, Luís S. IV. Título. V. Série.

18-51058	CDD: 843
CDU: 821.133.1

Vanessa Mafra Xavier Salgado – Bibliotecária – CRB-7/6644

Todos os direitos desta edição reservados à
EDITORA SCHWARCZ S.A.
Praça Floriano, 19, sala 3001 – Cinelândia
20031-050 – Rio de Janeiro – RJ
Telefone: (21) 3993-7510
www.companhiadasletras.com.br
www.blogdacompanhia.com.br
facebook.com/editorazahar
instagram.com/editorazahar
twitter.com/editorazahar

Sumário

Apresentação: Muito além do balé de Natal,
por Priscila Mana Vaz   7

História de um quebra-nozes,
por Alexandre Dumas   19

O Quebra-Nozes e o Rei dos Camundongos,
por E.T.A. Hoffmann   207

Apresentação

Muito além do balé de Natal

É VÉSPERA DE NATAL. Marie Stahlbaum e seu irmão Fritz estão se perguntando que presentes ganharão de seu padrinho, Drosselmeier. Ele é um relojoeiro e inventor, e dessa vez dá às crianças uma casa mecânica cheia de bonecos que podem se mover. Marie, no entanto, está encantada por um quebrador de nozes em forma de soldado. Ela e Fritz o põem em ação, até que, com uma noz mais dura, o soldadinho perde alguns "dentes". Marie protege o brinquedo partido enrolando-o com bandagens. Já é tarde e a família Stahlbaum vai dormir, mas a menina prefere ficar um pouco mais com seu novo amigo. No momento em que o relógio está prestes a bater a meia-noite, o quebra-nozes ganha vida e se junta aos outros brinquedos, também subitamente animados, para lutar contra o exército do Rei dos Camundongos. No dia seguinte, ninguém acredita no que aconteceu com a menina. Ela mal sabe disso, mas sua aventura estava apenas começando...

O Quebra-Nozes é um clássico das histórias de Natal. Não há quem não tenha visto ou ouvido durante a infância alguma referência a ele. Concebido originalmente pelo escritor alemão E.T.A. Hoffmann, foi recriado, ou traduzido com acréscimos, por Alexandre Dumas. Esta última é sua versão mais conhecida e disseminada — e que inspirou o famoso balé homônimo de Tchaikovsky, que já rodou palcos em todo o mundo, sendo apresentado para pessoas de todas as idades.

Alexandre Dumas: a versão para o francês e a abertura para o mundo

Dumas Davy de la Pailleterie, ou Alexandre Dumas, nasceu na França em 24 de julho de 1802, filho de Thomas Alexandre Davy de la Pailleterie, mais conhecido como General Dumas, uma grande figura militar da época. O escritor dedicou toda a sua vida à dramaturgia e à literatura, tendo também escrito artigos para revistas, relatos de viagens, livros de gastronomia e textos memorialísticos. Dumas é um dos escritores franceses mais traduzidos no mundo, com suas histórias vertidas em mais de cem países. É autor de clássicos como *Os três mosqueteiros*, *O homem da máscara de ferro* e *O conde de Monte Cristo*. Sua obra deu origem a mais de duzentas produções cinematográficas.

Em 1840, Dumas casou-se com a atriz Ida Ferrier, mas sempre manteve casos com outras mulheres, sendo pai de pelo menos três filhos fora do casamento. Um desses filhos, que recebeu o seu nome, seguiu também a carreira de romancista e dramaturgo, celebrizando-se com a peça *A dama das camélias*. Por causa do mesmo nome e da mesma profissão, para distingui-los um é chamado Alexandre Dumas, pai, e o outro Alexandre Dumas, filho. Dumas, pai, morreu aos 68 anos, em 5 de dezembro de 1870.

Apesar de ser mais novo que E.T.A. Hoffmann, os dois autores foram contemporâneos. Dumas recriou/traduziu o conto "O Quebra-Nozes e o Rei dos Camundongos" para o francês, que era então a língua mais falada internacionalmente. Sua versão possibilitou ao conto um sucesso mundial. Dumas também promoveu uma transformação na história, que passou a ter elementos menos assustadores e se tornou, definitivamente, uma história infantil.

Uma característica que chama muita atenção na sua versão é a contextualização de diversos elementos para a cultura e a sociedade francesas. Por exemplo, logo no início do conto Hoffmann apresenta a seus leitores o ritual de reunir presentes em torno de uma árvore e presentear os familiares na manhã de Natal, dia 25 de dezembro. Dumas destaca que esse ritual não é igual ao praticado na França daquele período, quando trocavam-se presentes no dia 2 de janeiro. E assim, por diversas vezes ao longo do conto, Dumas traça paralelos ou adapta informações para hábitos e elementos da cultura francesa, como que ajudando o seu leitor a se familiarizar com aspectos da cultura alemã citados.

Sob o título de "A história de um quebra-nozes" ("*Histoire d'un casse-noisette*"), a versão de Dumas foi feita sob condições muito curiosas. Conforme o autor explica no prefácio, a história fora antes contada por ele em um evento no qual havia comparecido com a filha e outras crianças. Segundo Dumas, foi-lhe solicitado que narrasse um conto de fadas, e a escolha recaiu sobre "O Quebra-Nozes e o Rei dos Camundongos". Ele apresentou então sua própria versão para a história de Hoffmann, e, em 1844, ela acabou publicada como livro, pelo editor Pierre Jules Hetzel, em francês.

E.T.A. Hoffmann: como tudo começou

Ernst Theodor Wilhelm Hoffmann nasceu em 24 de janeiro de 1776, na cidade de Königsberg, então parte da Prússia e hoje pertencente à Rússia. Posteriormente, ele mudou o "Wilhelm" de seu nome para "Amadeus", em homenagem ao compositor austríaco Wolfgang Amadeus Mozart. E.T.A. Hoffmann, como acabaria sendo mais conhecido, teve uma vida agitada e atravessada pelas condições da política germânica, que significaram para ele alguns momentos de exílio. Com formação em Direito, chegou a ser juiz em Berlim, mas nunca deixou de se dedicar às artes. Foi músico, compositor, caricaturista e escritor. Hoffmann foi ainda um dos primeiros críticos musicais a proclamar a genialidade de Ludwig van Beethoven. Morreu em Berlim, aos 46 anos, no dia 25 de junho de 1822.

Como escritor, E.T.A. Hoffmann é um dos personagens mais importantes do Romantismo alemão, tendo produzido a maior parte de seus trabalhos nos gêneros de fantasia e horror. Sua obra inclui pérolas como "O pote de ouro" e "O homem de areia". Ele foi muito admirado por escritores da grandeza de Edgar Allan Poe e Charles Dickens, que se inspiraram em sua maneira de narrar. Suas obras-primas também são a base da ópera de Jacques Offenbach *Os contos de Hoffmann* (1881), em que o próprio Hoffmann aparece como personagem.

"O Quebra-Nozes e o Rei dos Camundongos" ("*Nussknacker und Mausekönig*") foi escrito no ano de 1816 e publicado pela primeira vez em um volume intitulado *Contos de fadas infantis* (*Kindermärchen*), que incluiu também histórias de Carl Wilhelm Contessa e Friedrich de la Motte Fouqué. Posteriormente, viria a ser republicado no primeiro título a reunir contos de Hoffmann, *Os Irmãos Serapião* (*Die Serapionsbrüder*, 4 vols., 1819-1820), mas então já com mudanças que enfatizavam o caráter infantil do texto.

Tal caráter é muitas vezes questionado devido ao tom sombrio da história, porém o título original do livro indica claramente que a intenção de Hoffmann era, desde o início, fazer um conto para crianças. Há, é verdade, alguns detalhes do texto que os pequenos provavelmente não captariam, como alusões literárias e truques narrativos, mas o enredo em si é perfeitamente compreensível para crianças.

O mais interessante sobre o *Quebra-Nozes* de Hoffmann é justamente o fato de ele atrair crianças e adultos, demonstrando assim que o autor não escreveu para um único público. Em termos de estilo, temas e técnica narrativa, é um conto tão brilhante como qualquer outro de Hoffmann. Se pode ser visto como eminentemente infantil, a explicação para isso está em seus protagonistas, todos meninas e meninos, e não adultos, além do fato de envolver uma narrativa com brinquedos.

Durante a vida do escritor, as narrativas fantásticas e os contos de fadas se tornavam cada vez mais populares na Alemanha e já eram direcionados para o público infantil – os irmãos Jacob e Wilhelm Grimm, por exemplo, os grandes responsáveis na Alemanha por consolidar os contos de fadas enquanto gênero narrativo e histórico, foram seus contemporâneos –, embora Hoffmann não tenha hesitado em agregar à sua história elementos de horror e traços góticos.

Hoffmann e os Irmãos Grimm fizeram parte de um grande grupo de autores que se preocupou em construir um legado para a literatura alemã. Naquele período, os territórios germânicos passavam por um processo de unificação e precisavam construir sua identidade como nação (hoje a Alemanha), e uma das maneiras de consolidar essa identidade era reunir histórias que fossem contadas pelo povo e contivessem elementos comuns à vida da maior parte da população. Isso significava reunir narrativas que representassem membros de todas as classes sociais, permitindo a construção de laços entre elas. O período de 1812 a 1912 ficou conhecido como "os anos de ouro dos contos de fadas e contos folclóricos alemães", e foi o momento no qual a maior parte dos contos que conhecemos hoje foi escrita.

As histórias de Hoffmann nem sempre são consideradas contos de fadas, especialmente por se tratar de enredos inventados por apenas um autor e por não terem partido de uma matriz oral. Outro aspecto que as diferencia dos contos de fadas são os personagens, muito mais bem descritos e definidos em suas características físicas e psicológicas do que nos contos populares e de fadas, como fica evidente em "O Quebra-Nozes e o Rei dos Camundongos". Porém, os contos de Hoffmann compartilham com os contos de fadas a reunião de elementos populares e comuns da sociedade daquele período, bem como exploram muito bem o fantástico. O pesquisador norte-americano Jack Zipes afirma que, para os Irmãos Grimm, a real essência do povo estava na literatura do passado, e apenas lá; com isso, as novas narrativas eram meras não diluições. Essa discussão não deslegitima o trabalho de Hoffmann, de forma alguma, mas dá força à tese de que "O Quebra-Nozes e o Rei dos Camundongos" não é exatamente um conto de fadas.

Seja como for, a contribuição de Hoffmann é inegável para a literatura alemã e para a literatura infantil mundial. Ao longo do século XIX, sua obra circulou por diversas partes de Europa, terminando por inspirar, como vimos, Alexandre Dumas.

TCHAIKOVSKY, O BALÉ RUSSO E *O QUEBRA-NOZES*

Quase quarenta anos depois de publicada a versão em francês, o russo Ivan Vsevolozhsky, então diretor do Teatro Mariinsky, em São Petersburgo, procurava por uma obra infantil para desenvolver um novo espetáculo de balé. A ideia de trabalhar com uma história para crianças viera do sucesso do balé *A Bela Adormecida*, composto por Pyotr Ilyich Tchaikovsky e montado em 1890. Vsevolozhsky escolheu o "O Quebra-Nozes e o Rei dos Camundongos" e, tomando por base a versão francesa de Dumas, escreveu uma proposta para o balé. Em seguida, convidou Tchaikovsky para compor a música e os coreógrafos Marius Petipa e Lev Ivanov para criarem a coreografia do balé. Ambas foram concluídas em 1892.

A obra de número 71 no catálogo de Tchaikovsky prometia trazer-lhe sucesso imediato. A pré-estreia de *O Quebra-Nozes* ocorreu em maio de 1892, quando o compositor apresentou, em um concerto da Sociedade Musical Russa, uma coletânea de oito peças que compunham a partitura e que passaram a ser conhecidas como "a suíte *Quebra-Nozes*". A recepção foi excelente e os números musicais precisaram ser repetidos durante o concerto.

A estreia integral de *O Quebra-Nozes*, como balé, ocorreu sete meses depois, em 18 de dezembro de 1892, no Teatro Mariinsky. O sucesso, no entanto, não se repetiu. Aquela primeira montagem, cujo elenco era exclusivamente composto por crianças bailarinas, não agradou ao público. Longe de ter a popularidade de *A Bela Adormecida*, o novo espetáculo saiu de cartaz depois de apenas treze apresentações, em 1893. Essa malfadada temporada de estreia relegou a obra ao esquecimento por um longo tempo.

A fama mundial só chegaria quase cinquenta anos depois, quando ninguém menos que Walt Disney usou seis números musicais da suíte *O Quebra-Nozes* no desenho animado de longa-metragem *Fantasia* (1940). Com o sucesso da empreitada, que ganhou dois Oscars em 1942, a suíte passou a ser aclamada e facilmente reconhecida pelo público.

Muito embora já fosse apresentado em outras partes do mundo, especialmente depois da Revolução Russa, em 1917, o sucesso do balé propriamente dito veio quando ele foi enfim montado com bailarinos adultos. A apresentação considerada de referência ocorreu em 1966, com produção de Yuri Grigorovich, pelo Teatro Bolshoi, de Moscou. *O Quebra-Nozes* viria a se tornar um dos balés mais famosos do mundo, parte obrigatória do repertório clássico, e continua sendo montado até hoje em diversos países. Tchaikovsky, falecido menos de um ano após a primeira montagem, jamais soube do impacto que seu trabalho teria.

Por dentro das histórias

Variações de *O Quebra-Nozes* marcaram presença no cinema e na televisão, além das versões filmadas do balé Bolshoi e de outras companhias internacionais. Também alguns personagens famosos no universo infantil já visitaram esse clássico: entre as mais populares estão *Ursinhos Carinhosos e "O Quebra-Nozes"* (1988), *Barbie – O Quebra-Nozes* (2001) e *Tom e Jerry e "O Quebra-Nozes": o filme* (2007). Para 2018, a Disney prepara sua versão, baseada em Hoffmann e no balé de Tchaikovsky, prometendo uma abordagem mais sombria do conto, e deve reavivá-lo junto ao grande público.

Como explicar, porém, o que há de tão encantador nessa história, a ponto de ela ser recontada tantas e tantas vezes? Sem dúvida, a raiz desse encantamento está nos detalhes da narrativa e, como a leitura mostrará, cada versão tem suas particularidades.

Hoffmann começa nos apresentando como personagens a família composta pelo sr. e sra. Stahlbaum e seus filhos, Luise, Fritz e Marie, em seu ritual de comemoração do Natal. Conhecemos ainda o padrinho das crianças, o sr. Drosselmeier, muito habilidoso em construir e consertar brinquedos e mecanismos. Dumas deixa Luise de fora da história, inclui a governanta srta. Trudchen (pequena variação do nome de uma boneca de Marie no original de Hoffmann) e pede ao leitor que preste atenção ao personagem-título, o próprio Quebra-Nozes.

Dumas destaca a desproporção do boneco – "sua cabeça tinha um volume tão desmesurado que infringia todas as proporções indicadas não só pela natureza como pelos mestres do desenho, que, muito mais que a natureza, dominam o assunto" –, decorrente de sua finalidade. Quebra-nozes, na Alemanha, são tradicionalmente vistos como protetores da família e portadores de boa sorte para as casas, e foram frequentemente dados às crianças como presentes no Natal. O quebra-nozes de Marie, contudo, tem outros segredos...

O balé de Tchaikovsky – no qual, aliás, Marie chamou-se Clara até o fim da Primeira Guerra Mundial e então passou a ser Masha – não conta a vida pregressa do boneco e seu caminho até a maldição. Mas Hoffmann e Dumas recuperam o passado do personagem, narrando-o com diferenças claras, sendo a versão de Dumas muito mais dramática.

O texto original de Hoffmann é dividido em quatorze capítulos e a revelação principal da trama concentra-se nos capítulos sobre "A história da noz de casca dura". Dumas segue basicamente a mesma estrutura (com um breve escorregão num dos títulos de capítulo...), embora um pouco mais econômico.

Ainda há muitos detalhes, nuances e variações a serem explorados e descobertos na leitura comparativa que esta edição permite. Vale citar apenas mais um ponto de especial interesse: no balé, Marie/Clara, depois de viver sua aventura, desperta de um sono profundo e se dá conta de que tudo não passou de um sonho – enquanto em Hoffmann e em Dumas o desfecho é bem diferente... Seja como for, os feitos extraordinários vividos por Marie e o Quebra-Nozes permanecerão para sempre na memória de todos os leitores.

PRISCILA MANA VAZ

Priscila Mana Vaz é pesquisadora e especialista em contos de fadas. Mestre e doutoranda em Comunicação pela Universidade Federal Fluminense, com ênfase em estudos semióticos e estéticos. Atualmente, estuda narrativas e formação de universos compartilhados em produções audiovisuais.

Alexandre Dumas

História de um quebra-nozes

Sumário

Prefácio 23
O padrinho Drosselmeier 29
A árvore de Natal 44
O homenzinho do casaco de madeira 52
Coisas maravilhosas 63
A batalha 76
A doença 86
História da noz Krakatuk e da princesa Pirlipat 93
O tio e o sobrinho 158
A capital 164
O reino dos bonecos 177
A viagem 183
Conclusão 195

Prefácio

O autor explica como se viu intimado a contar a história do *Quebra-Nozes de Nuremberg*

Dava-se uma grande festa na casa do meu amigo, o conde de M..., e, levando minha filha, eu contribuíra pessoalmente para engrossar mais ainda a ruidosa e alegre reunião.

Verdade que, ao fim de uma meia hora – durante a qual, como bom pai, assistira a quatro ou cinco sucessivos torneios de amarelinha, jogo do sério e tá quente-tá frio, com a cabeça um tanto zonza devido ao pandemônio produzido por duas dezenas de encantadores diabinhos de oito a dez anos, que competiam para ver quem berrava mais alto –, esquivei-me do salão e fui atrás de certa saleta de meu conhecimento, bastante secreta e afastada, onde pretendia retomar calmamente o fio de minhas ideias interrompidas.

Fiz minha retirada com um misto de destreza e sorte, subtraindo-me não só aos olhares dos jovens convivas, o que não era muito difícil, considerando a grande atenção que dispensavam às suas brincadeiras, como também aos dos pais, o que era outra história. Quando alcancei a saleta tão sonhada, percebi, ao entrar, que fora provisoriamente transformada em refeitório e que bufês gigantescos, fartos em doces e refrescos, haviam sido preparados. Ora, interpretando esses preparativos gastronômicos como uma nova garantia de que não seria perturbado antes da hora da ceia, uma vez que a mencionada saleta estava reservada ao lanche, percebi uma enorme cadeira, uma *bergère* Luís XV, com espaldar estofado e braços abaulados, uma *poltrona*, como se diz na Itália, país dos verdadeiros preguiçosos, e nela me refestelei voluptuosamente, extasiado só de pensar que passaria uma hora a sós com meus pensamentos, coisa valiosíssima em meio ao turbilhão no qual nós, vassalos do público, somos incessantemente arrastados.

E assim, seja por cansaço, falta de hábito ou resultado de um bem-estar raríssimo, ao cabo de dez minutos adormeci profundamente.

Não sei por quanto tempo estive alheio ao que acontecia à minha volta, até ser subitamente arrancado do meu sono por ruidosas gargalhadas. Perplexo, arregalei os olhos, que não viram acima deles senão um encantador teto pintado por Boucher, enxameado de cupidos e pombas, e tentei me levantar, mas o esforço foi infrutífero: eu estava amarrado em meu assento tão firmemente quanto Gulliver na praia de Lilliput.

Reconheci prontamente a desvantagem de minha posição: havia sido surpreendido em território inimigo, era prisioneiro de guerra.

O melhor a fazer na situação em que me encontrava era resignar-me bravamente e negociar a minha liberdade em termos amigáveis.

Minha primeira proposta foi levar meus algozes até a confeitaria de Félix Potin no dia seguinte e colocá-la inteira à disposição deles. Infelizmente, o momento era mal escolhido, eu falava a uma plateia que me escutava com a boca entupida de tortas e as mãos atulhadas de pastéis.

Minha proposta foi então vergonhosamente rejeitada.

Ofereci reunir no dia seguinte todos os bem-comportados num jardim à escolha deles e lá promover um espetáculo de fogos de artifício, incluindo um número de morteiros e rojões a ser determinado pelos próprios espectadores.

Essa oferta fez bastante sucesso junto aos meninos, mas as meninas opuseram-se categoricamente a ela, jurando sentirem um medo horrível de fogos de artifício e alegando que seus nervos não suportavam o barulho dos morteiros e que o cheiro da pólvora as incomodava.

Ia fazer uma terceira proposta, quando ouvi uma vozinha aguda sussurrando baixinho ao ouvido de seus coleguinhas estas palavras, que me fizeram tremer:

— Mandem o papai, que faz histórias, contar um bonito conto de fadas.

Eu quis protestar, mas no mesmo instante minha voz foi encoberta por estes gritos:

— Sim, um conto de fadas, um bonito conto de fadas; queremos um conto de fadas!

— Mas, crianças — gritei com todas as minhas forças —, vocês estão me pedindo a coisa mais difícil que existe no mundo: um conto de fadas! Acham que é fácil? Peçam-me a *Ilíada*, peçam-me a *Eneida*, peçam-me *Jerusalém libertada*, ainda me viro; mas um conto de fadas! Diabos, Perrault é um homem completamente diferente de Homero, Virgílio ou Tasso, e o Pequeno Polegar é uma criação muito mais original do que Aquiles, Turno ou Renaud.

— Não queremos poema épico — gritaram as crianças numa só voz —, queremos um conto de fadas!

— Minhas queridas crianças, se...

— Não tem *se*; queremos um conto de fadas!

— Mas, amiguinhos...

— Não tem *mas*; queremos um conto de fadas! Queremos um conto de fadas! Queremos um conto de fadas! — repetiram em coro todas as vozes, com uma ênfase que não admitia réplica.

— Muito bem então — aceitei, suspirando —, vá lá, um conto.

– Viva! Conseguimos! – vibraram meus pequenos tiranos.

– Mas vou logo avisando, a história que vou contar não é de minha autoria.

– Isso não importa, contanto que nos divirta!

Confesso que me senti um pouco humilhado com a pouca insistência do meu auditório em exigir uma obra autoral.

– E de quem é a sua história, senhor? – indagou uma vozinha sem dúvida pertencente a um espírito mais curioso que os outros.

– É do Hoffmann, senhorita. Conhece o Hoffmann?

– Não, senhor, não conheço.

– E como se chama o conto? – perguntou, no tom do mocinho que sabe que tem o direito de interrogar, o filho do dono da casa.

– *O Quebra-Nozes de Nuremberg* – respondi, com toda a humildade. – O título lhe convém, meu caro Henri?

– Hum! Não promete muita coisa. Mas, paciência, vá em frente; se acharmos maçante, nós o interrompemos e você conta outro, e assim por diante, fique sabendo, até contar um que nos divirta.

– Devagar com o andor... Não estou assumindo compromisso nenhum. Se fossem adultos, era mais fácil.

– Mas são estas nossas condições; caso contrário, prisão perpétua.

— Querido Henri, o senhorzinho é um menino encantador, super bem-educado, e não me espantaria nem um pouco se vier a ser um homem de Estado muito distinto. Solte-me e farei o que quiser.

— Palavra de honra?

— Palavra de honra.

No mesmo instante, senti os mil fios que me imobilizavam se afrouxarem; todos puseram mãos à obra para me desamarrar e, ao fim de meio minuto, concederam-me a liberdade.

Ora, sendo imperioso cumprir com a palavra, mesmo quando empenhada a crianças, convidei meus ouvintes a sentarem-se confortavelmente, a fim de que passassem sem sofrimento da audição ao sono, e, quando cada qual ocupou seu lugar, comecei assim:

O padrinho Drosselmeier

Era uma vez, na cidade de Nuremberg, um governante muito respeitado que se chamava sr. prefeito Silberhaus, nome que significa "casa da prata".

Esse prefeito tinha um filho e uma filha.

O filho, de nove anos, chamava-se Fritz.

A filha, de sete anos e meio, chamava-se Marie.

Eram duas bonitas crianças, mas tão diferentes no caráter e na aparência que nunca diríamos serem irmão e irmã.

Fritz era um menino bochechudo, gabola e malandro, que batia o pé à menor contrariedade, convencido de que todas as coisas do mundo haviam sido criadas para sua diversão ou capricho, e que cismava nisso até o momento em que o doutor, perdendo a paciência com seus gritos e choros, ou esperneios, saía do gabinete e, erguendo o indicador da mão direita até a altura de sua sobrancelha franzida, dizia apenas as seguintes palavras:

– Sr. Fritz...!

Nesse momento, a grande vontade de Fritz era desaparecer.

Quanto à sua mãe, desnecessário dizer a que altura ela erguia o dedo ou mesmo a mão, já que Fritz não lhe dava a menor pelota.

Sua irmã Marie, em contrapartida, era uma criança franzina e pálida, com o cabelo comprido e naturalmente cacheado caindo sobre seus níveos ombrinhos qual um facho de ouro irrequieto e brilhante sobre um vaso de alabastro. Era modesta, meiga, afável, misericordiosa para com todos os sofrimentos, inclusive os de suas bonecas, obediente ao primeiro sinal da mãe e jamais contradizendo sua governanta, a srta. Trudchen – o que fazia com que fosse adorada por todo mundo.

Ora, o dia 24 de dezembro do ano de 17... chegara. Sei que não ignoram, amiguinhos, que 24 de dezembro é véspera do Natal, isto é, o dia em que o Menino Jesus nasceu numa manjedoura, entre um burro e um boi. Agora vou explicar uma coisa para vocês.

Até os mais ignorantes de vocês já ouviram dizer que cada país tem seus costumes, não é mesmo?, e os mais instruídos sem dúvida já sabem que Nuremberg é uma cidade da Alemanha muito famosa por seus brinquedos, bonecas e polichinelos, e que envia caixas abarrotadas deles para todos os outros países do mundo. Isso faz com que as crianças de Nuremberg sejam as mais felizes da terra.

A Alemanha, portanto, sendo um país diferente da França, tem costumes diferentes dos nossos. Na França, é o primeiro dia do ano que é o dia dos presentes, fazendo muita gente torcer para que o ano comece sempre em 2 de janeiro. Na Alemanha, contudo, o dia dos presentes é 24 de dezembro, isto é, a véspera do Natal. E não é só isso, do outro lado do Reno os presentes são dados de uma maneira bastante singular: coloca-se uma grande árvore na sala, instalada no centro de uma mesa, e em seus galhos são pendurados os presentes a serem dados às crianças. O que os galhos não aguentam é espalhado sobre a mesa. Então dizem às crianças que foi o Bom Menino Jesus que lhes enviou parte dos presentes que ele recebeu dos três Reis Magos, e, nisso, contam-lhes apenas uma meia lorota, pois, como vocês sabem, é de Jesus que nos vêm todos os bens do mundo.

Não preciso lhes dizer que, entre as crianças mais ricas de Nuremberg, isto é, entre aquelas que no Natal recebiam o máximo de presentes de todos os tipos, estavam os filhos do prefeito Silberhaus, pois, além do pai e da mãe, que os adoravam, tinham ainda um padrinho, que também os adorava, a quem chamavam de Drosselmeier.

Convém descrever brevemente esse ilustre personagem, que ocupava na cidade de Nuremberg um lugar quase tão distinto quanto o do prefeito Silberhaus.

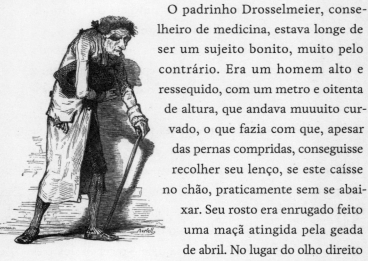

O padrinho Drosselmeier, conselheiro de medicina, estava longe de ser um sujeito bonito, muito pelo contrário. Era um homem alto e ressequido, com um metro e oitenta de altura, que andava muuuito curvado, o que fazia com que, apesar das pernas compridas, conseguisse recolher seu lenço, se este caísse no chão, praticamente sem se abaixar. Seu rosto era enrugado feito uma maçã atingida pela geada de abril. No lugar do olho direito usava um grande tapa-olho preto. Além disso, era completamente calvo, inconveniente que ele driblava adotando uma peruca baixinha e frisada, que era um engenhosíssimo invento de sua lavra, confeccionado em vidro superfino – o que o obrigava o tempo todo, por consideração a esse respeitável artifício, a carregar o chapéu debaixo do braço. De resto, o olho remanescente era vivaz e cintilante, parecendo cumprir não só sua tarefa como a de seu colega ausente, percorrendo num átimo todos os detalhes de um aposento que o padrinho Drosselmeier desejasse observar ou se fixando sobre as pessoas cujos pensamentos mais profundos ele quisesse conhecer.

Ora, o padrinho Drosselmeier, que, como dissemos, era conselheiro de medicina, em vez de se ocupar, como a maior parte de seus confrades, em matar corretamente e segundo as regras as pessoas vivas, não fazia outra coisa a não ser dar vida às coisas mortas, isto é, de tanto estudar o corpo dos homens e dos animais, terminara por conhecer todas as engrenagens da máquina, de modo que fabricava homens que andavam, cumprimentavam, digladiavam-se; damas que dançavam e tocavam cravo, harpa e viola da gamba; cães que corriam, traziam objetos e latiam; pássaros que voavam, saltitavam e cantavam; peixes que nadavam e comiam. Chegara inclusive a fazer com que bonecos e polichinelos pronunciassem algumas palavras, pouco

complicadas, é verdade, como "papai", "mamãe", "vovó". Faziam-no contudo com uma voz monótona, esganiçada e triste, pois percebia-se claramente que tudo aquilo era resultado de uma combinação automática, e uma combinação automática é sempre, no fim das contas, simples paródia das obras-primas do Senhor.

Mesmo assim, apesar de algumas tentativas infrutíferas, o padrinho Drosselmeier não perdia a esperança e afirmava categoricamente que um dia faria homens de verdade, mulheres de verdade, cães de verdade, aves de verdade e peixes de verdade. Não preciso dizer que seus dois afilhados, aos quais ele prometera seus primeiros protótipos no gênero, aguardavam esse momento com grande impaciência.

Devemos entender que, tendo alcançado tamanho saber em mecânica, o padrinho Drosselmeier tornara-se um homem precioso para seus amigos. Senão, vejamos: quando um relógio de parede caía doente na casa do prefeito Silberhaus e, a despeito dos cuidados dos relojoeiros estabelecidos, seus ponteiros continuavam se esquecendo de marcar a hora e seu tique-taque continuava engasgando e sua engrenagem continuava renitente, mandava-se chamar o padrinho Drosselmeier, o qual acorria imediatamente, pois o sujeito era um artista apaixonado pela sua arte. Conduziam-no então até o defunto, que ele abria prontamente, retirando-lhe o mecanismo e encaixando-o entre os dois joelhos. Em seguida, passando a língua no canto dos lábios, o olho único brilhando feito uma pedra preciosa, a peruca de vidro pousada no chão, puxava do bolso uma profusão de pequenos instrumentos sem nome, que ele mesmo fabricara e cujas propriedades só ele conhecia. Escolhia então os mais pontiagudos e mergulhava-os nas entranhas do relógio, acupuntura que muito afligia a pequena Marie, perplexa e sem acreditar que o coitado não sofresse com tal cirurgia, mas que ressuscitava o generoso trepanado, que, tão logo recolocado em sua caixa, ou entre suas colunas, ou sobre seu pedestal, punha-se a viver, bater e zumbir furiosamente – restituindo vida ao aposento, que parecia ter perdido a alma ao perder seu alegre hóspede.

E não era só isso: a pedido da pequena Marie, que tinha pena do cão que fazia girar a assadeira da cozinha, ocupação muito cansativa para o pobre animal, o padrinho Drosselmeier consentira em descer dos píncaros da ciência e fabricar um cão robô, o qual girava agora o espeto sem nenhuma dor ou cobiça, enquanto o Turco, que se tornara muito friorento dado o ofício que exercera nos três últimos anos, agora se aquecia e esquentava o focinho e as patas como se fora o dono da casa, sem ter outra coisa a fazer senão observar seu sucessor, o qual, uma vez montado, passava uma hora em sua tarefa gastronômica sem requerer um cuidado que fosse.

Assim, depois do prefeito, de sua esposa, de Fritz e de Marie, Turco era certamente a criatura da casa que mais apreciava e venerava o padrinho Drosselmeier, a quem fazia muita festa

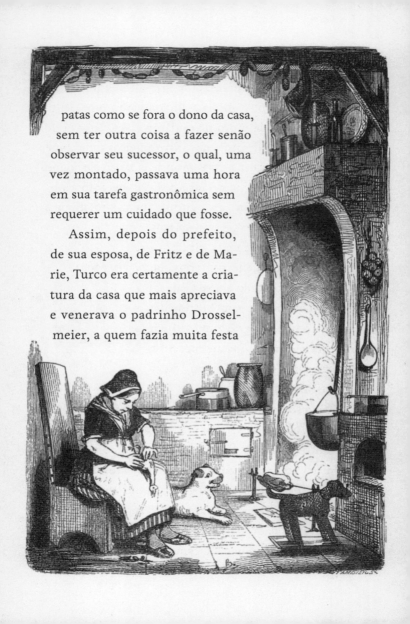

sempre que o via chegar, algumas vezes inclusive anunciando, com latidos alegres e rabo abanando, que o conselheiro de medicina estava a caminho antes mesmo que o digno padrinho houvesse batido a aldrava da porta.

Na noite, portanto, dessa venturosa véspera de Natal, no momento em que o crepúsculo começava a descer, Fritz e Marie, que tinham passado o dia inteiro sem poder entrar no salão, mantinham-se agachados num cantinho da sala de jantar.

Enquanto a srta. Trudchen, a governanta, tricotava perto da janela, da qual se aproximara para colher os últimos raios do dia, as crianças sentiam-se tomadas por uma espécie de terror vago, uma vez que, conforme a tradição desse dia solene, as lamparinas não haviam sido acesas; de maneira que cochichavam, como fazemos quando sentimos um certo medinho.

– Tenho certeza – dizia Marie ao irmão – de que papai e mamãe estão cuidando da nossa árvore de Natal. Desde cedo ouço um grande vaivém no salão, onde estamos proibidos de entrar.

— E dez minutos atrás reconheci, pela maneira como o Turco latia, que o padrinho Drosselmeier estava entrando — acrescentou Fritz.

— Ai, meu Deus! — exclamou Marie, batendo suas duas mãozinhas uma na outra. — O que esse bom padrinho terá trazido para nós? Tenho certeza de que é algum belo jardim cheio de árvores e com um lindo rio correndo sobre um gramado todo florido. Nesse rio haverá cisnes de prata com colares de ouro e uma garota que lhes dará marzipãs, que eles virão comer em seu avental.

– Em primeiro lugar – corrigiu Fritz, naquele tom professoral que lhe era peculiar e que seus pais lhe censuravam como um de seus defeitos mais graves –, deve saber, srta. Marie, que cisnes não comem marzipãs.

– Eu achava que sim – replicou Marie. – Mas, como você é um ano e meio mais velho, deve saber mais do que eu.

Fritz estufou de orgulho.

– Depois – prosseguiu –, julgo poder dizer que, se o padrinho Drosselmeier está trazendo alguma coisa, é uma fortaleza, com soldados para protegê-la, canhões para defendê-la e inimigos para atacá-la. O que promete combates soberbos.

– Não gosto de batalhas – confessou Marie. – Se ele trouxe uma fortaleza, como está dizendo, deve ser para você; quero apenas os feridos, para cuidar deles.

– O que quer que ele traga você sabe muito bem que não será nem para você nem para mim – disse Fritz –, visto que vão confiscá-los da gente assim que nos forem dados, alegando que os presentes do padrinho Drosselmeier são verdadeiras obras-primas, e trancá-los no alto do grande armário de vidro, onde só papai consegue alcançar, e só subindo numa cadeira. Isso, aliás – continuou Fritz –, faz com que eu goste tanto e até mais dos brinquedos que papai e mamãe nos dão, com os quais deixam a gente brincar pelo menos até os quebrarmos.

— E eu também — concordou Marie. — Mas não deve repetir o que falou agora para o padrinho.

— Por quê?

— Porque ele ficaria chateado se não gostássemos de seus brinquedos da mesma forma que gostamos dos que papai e mamãe nos dão. Ele nos presenteia pensando nos alegrar, devemos então deixá-lo acreditar que não está enganado.

— Bah! — desdenhou Fritz.

— A srta. Marie tem razão, sr. Fritz — disse a srta. Trudchen, que geralmente era bastante calada e só tomava a palavra nas grandes circunstâncias.

— Vejamos — disse precipitadamente Marie, para impedir Fritz de responder alguma impertinência à pobre governanta —, vejamos, adivinhemos o que nossos pais nos darão. Eu contei à mamãe, com a condição de que ela não a repreenderia, que a srta. Rose, minha boneca, estava ficando cada vez mais desastrada, apesar dos insistentes sermões que lhe faço, caindo o tempo todo de nariz no chão, acidente que nunca acontece sem deixar marcas bastante desagradáveis em seu rosto. A tal ponto que se tornou impensável introduzi-la na sociedade, de tanto que seu rosto contrasta agora com suas roupas.

— Pois eu — contra-atacou Fritz — insinuei para o papai que um vigoroso cavalo alazão cairia feito uma luva no meu estábulo. Ao mesmo tempo, pedi-lhe que observasse que não existe exército bem-organizado sem cavalaria ligeira, e que necessito de um esquadrão de hussardos para completar a divisão sob meu comando.

A essas palavras, a srta. Trudchen julgou conveniente se colocar pela segunda vez.

— Sr. Fritz e srta. Marie — falou —, sabem muito bem que é o Menino Jesus que dá e abençoa esses bonitos brinquedos que recebem. Não antecipem, portanto, o que desejam, pois ele sabe melhor do que os senhores os que podem ser de seu agrado.

— Ah, sim — retrucou Fritz —, com o detalhe de que ano passado ele só me deu infantaria, quando, tal como acabo de ressaltar, possuir um esquadrão de hussardos seria muito mais do meu agrado.

– Já eu – disse Marie – só tenho a agradecer, pois tinha pedido só uma boneca e ainda ganhei uma linda pomba branca, com as patas e o bico cor-de-rosa.

Enquanto isso, anoitecera completamente, de maneira que as crianças falavam cada vez mais baixo, aconchegando-se cada vez mais uma na outra. Parecia-lhes ouvir à sua volta o bater das asas de seus alegres anjos da guarda e, ao longe, uma música doce e melodiosa como a de um órgão que, sob as escuras arcadas da catedral, exaltasse a natividade de Nosso Senhor. No mesmo instante, um raio luminoso riscou a parede, e Fritz e Marie compreenderam que era o Menino Jesus que, após deixar os brinquedos no salão, voava sobre uma nuvem de ouro para outras crianças que o esperavam com a mesma impaciência.

Nesse instante uma campainha tilintou, a porta se abriu com estrépito e do salão jorrou uma luz tão forte que ofuscou a visão das crianças, que só tiveram forças para gritar:

– Ah! Ah! Ah!

Então o prefeito e a esposa foram até a porta e pegaram Fritz e Marie pelas mãos.

– Venham ver, meus queridos – anunciaram –, o que o Menino Jesus acaba de trazer para vocês.

As crianças entraram imediatamente no salão e a srta. Trudchen, após deixar o tricô na cadeira à sua frente, seguiu-as.

A ÁRVORE DE NATAL

Queridas crianças, penso que todas vocês já estiveram nas esplêndidas lojas de Susse e Giroux, esses grandes empreendedores da felicidade juvenil, onde lhes disseram, abrindo-lhes um crédito ilimitado: "Venham, peguem, escolham." Então vocês estacaram, ofegantes, olhos arregalados, boquiabertas, e tiveram um desses momentos de êxtase que nunca mais terão em suas vidas, nem no dia em que forem nomeados acadêmicos, deputados ou pares de França. Pois bem, foi assim com vocês e também com Fritz e Marie, quando eles entraram no salão e viram a árvore de Natal, que parecia sair da grande mesa forrada com uma toalha branca e abarrotada, sem mencionar as maçãs douradas, com flores de açúcar em vez de flores naturais e balas e confeitos em vez de frutas, tudo rebrilhando à luz de cem velas dissimuladas em sua folhagem, que a tornavam tão cintilante quanto aqueles grandes pinheiros iluminados que vocês veem nas festas populares. Diante de tal visão, Fritz arriscou vários *entrechats*, que executou de maneira a honrar o sr. Pochette, seu professor de dança, enquanto Marie nem sequer tentava represar duas grossas lágrimas de alegria, que rolavam como pérolas líquidas sobre seu rosto risonho.

Mas o êxtase mesmo veio quando passaram do conjunto aos detalhes e as duas crianças miraram a mesa repleta de presentes de todo tipo, Marie deparando com uma boneca o dobro do tamanho da srta. Rose e com um vestidinho encantador de seda, pendurado num cabide de maneira que era possível circundá-lo, e Fritz descobrindo, alinhado sobre a mesa, um esquadrão de hussardos em uniformes vermelhos com alamares dourados e montados em cavalos brancos, enquanto ao pé da mesma mesa estava atrelado o insigne alazão que até então constituía uma lacuna irreparável em seus estábulos. Assim, novo Alexandre, Fritz montou imediatamente no reluzente Bucéfalo que lhe era oferecido selado e arriado, e, após tê-lo feito dar três ou quatro voltas a galope em torno da árvore de Natal, declarou, apeando, que, embora fosse um animal selvagem e chucro, fazia questão de domá-lo, e que antes de um mês estaria manso feito um cordeiro.

Porém, no momento em que colocava o pé no chão e Marie acabava de batizar sua nova boneca com o nome de srta. Klärchen, que corresponde em francês ao nome Claire, como Röschen corresponde em alemão a Rose, ouviu-se pela segunda vez o tilintar da campainha. As crianças voltaram-se para o lado de onde vinha o ruído, isto é, para um canto do salão.

Perceberam então uma coisa que a princípio não tinham notado, de tão enfeitiçados que estavam pela reluzente árvore de Natal, que ocupava o centro exato do aposento: é que aquele canto do salão estava dissimulado por um biombo chinês, atrás do qual soavam um certo barulho e uma certa música, indicando que alguma coisa de novo e inusitado acontecia ali. Nesse instante as crianças lembraram que ainda não tinham visto o conselheiro de medicina e exclamaram numa só voz:

– Ah! O padrinho Drosselmeier!

A essas palavras, e como se, com efeito, ele só esperasse tal exclamação para produzir aquele movimento, o biombo dobrou-se sobre si mesmo e revelou não só o padrinho Drosselmeier, como muito mais...!

No meio de uma pradaria verde e florida, havia um magnífico castelo com uma profusão de janelas em sua fachada e duas belas torres douradas. Então, sininhos ressoaram, portas e janelas se abriram, e nos aposentos iluminados com velas de um centímetro e meio de altura viam-se pequenos cavalheiros e pequenas damas a circular. Os cavalheiros trajando magníficas vestes bordadas, paletós e culotes de seda, com espada na cinta e chapéu sob o braço; as damas exibindo esplêndidos vestidos de brocado com anquinhas e cabelos repartidos ao meio, e empunhando leques, com os quais abanavam o rosto como se estivessem morrendo de calor. No salão principal, que parecia em chamas devido a um lustre de cristal atulhado de velas, uma trupe de crianças dançava ao som desses sininhos: os meninos com capinhas, as meninas de vestidinho curto. Ao mesmo tempo, na janela de um gabinete contíguo, um senhor, envolto num manto de pele, e que muito certamente só podia ser um personagem com direito ao título da figura que fazia, surgia, gesticulava e desaparecia, e isso enquanto o próprio padrinho Drosselmeier, trajando seu redingote amarelo, com seu tapa-olho e sua peruca de vidro, igualzinho sem tirar nem pôr, mas com apenas sete centímetros e meio de altura, saía e entrava, como se convidando os transeuntes a entrarem em sua casa.

A primeira reação das crianças foi toda de surpresa e alegria, mas, após alguns minutos de contemplação, Fritz, que mantinha os cotovelos apoiados na mesa, levantou-se e, aproximando-se com impaciência, interpelou-o:

— Mas, padrinho Drosselmeier, por que você entra e sai sempre pela mesma porta? Deve ficar cansado de entrar e sair sempre pelo mesmo lugar. Que tal sair por aquela e entrar por esta? — e apontava com a mão as portas das duas torres.

— Isso não é possível — respondeu o padrinho Drosselmeier.

— Então — prosseguiu Fritz —, faça-me o favor de subir a escada e ficar na janela no lugar do cavalheiro, e dizer a ele que vá para a porta no seu lugar.

— Impossível, meu pequeno Fritz — repetiu o conselheiro de medicina.

— Ora, as crianças já dançaram demais; elas precisam caminhar, e enquanto isso os que estão circulando vão dançar.

– Não está sendo razoável, sr. Exigência! – exclamou o padrinho, que começava a se zangar. – A mecânica funciona do jeito que foi planejada.

– Então quero entrar no castelo – replicou Fritz.

– Ah, agora você enlouqueceu, meu querido. Não vê que é impossível entrar nesse castelo, uma vez que os cataventos instalados nas torres mais altas batem, se tanto, no seu ombro?

Fritz rendeu-se a essa argumentação e calou-se. Porém, ao fim de um instante, vendo que os cavalheiros e as damas não deixavam de circular, que as crianças continuavam a dançar, que o senhor de casaco de pele aparecia e desaparecia a intervalos regulares, e que o padrinho Drosselmeier não arredava de sua porta, concluiu, num tom desiludido:

– Padrinho Drosselmeier, se todos esses bonequinhos não sabem fazer nada diferente e insistem sempre em fazer a mesma coisa, pode pegá-los de volta amanhã, pois não ligo mais para eles. Prefiro meu cavalo, que corre quando eu quero, os meus hussardos, que manobram sob meu comando, vão para a direita e a esquerda, para a frente e para trás, e não ficam fechados em casa nenhuma, como seus pobres bonequinhos, que são obrigados a funcionar como a mecânica quer que eles funcionem.

A essas palavras, deu as costas para o padrinho Drosselmeier e seu castelo, dirigiu-se à mesa e dispôs seu esquadrão de hussardos em formação de batalha.

Quanto a Marie, afastara-se também sorrateiramente, pois o movimento reprisado de todos aqueles bonequinhos parecera-lhe bastante monótono. Contudo, como era uma menina encantadora e generosa, não falara nada, receando afligir o padrinho Drosselmeier. Com efeito, assim que Fritz virou as costas, fazendo cara de ofendido, o padrinho disse ao prefeito e à mulher:

— Ora, ora, uma obra-prima como esta não foi feita para crianças, vou guardar meu castelo na caixa e levá-lo de volta.

A mulher do prefeito, contudo, aproximou-se dele e, corrigindo a falta de educação de Fritz, pediu que lhe mostrasse detalhadamente aquela obra-prima, que lhe explicasse categoricamente a mecânica; elogiou tão engenhosamente as engrenagens complicadas que não só conseguiu apagar a má impressão do espírito do conselheiro de medicina, como este puxou dos bolsos de seu redingote amarelo uma série de homenzinhos e mulherezinhas de pele morena com olhos brancos e pés e mãos dourados. Além de seus talentos singula-

res, as criaturinhas exalavam uma fragrância deliciosa, uma vez que eram de madeira de canela.

Nesse instante, a srta. Trudchen chamou Marie, oferecendo-se para ajudá-la a pôr o lindo vestidinho de seda que tanto a fascinara quando o viu pela primeira vez. Mas Marie, apesar da polidez habitual, não respondeu à srta. Trudchen, de tal forma estava preocupada com um novo personagem que acabava de descobrir entre seus brinquedos – e sobre o qual, queridas crianças, peço que concentrem toda a sua atenção, considerando que é o herói principal desta mui verídica história, da qual a srta. Trudchen, Marie, Fritz, o prefeito, a mulher do prefeito e até mesmo o padrinho Drosselmeier são apenas personagens secundários.

O HOMENZINHO DO CASACO DE MADEIRA

Marie, íamos dizendo, não respondeu ao convite da srta. Trudchen porque naquele exato instante acabava de descobrir um novo brinquedo que ainda não percebera.

Com efeito, quando fez seus esquadrões girarem, retrocederem e formarem, Fritz deixou à mostra, recostado melancolicamente no tronco da árvore de Natal, um bonequinho encantador, que, silencioso e cheio de dignidade, esperava sua vez de ser visto. Cabem algumas palavras sobre o tamanho desse bonequinho, ao qual talvez tenhamos sido um pouco precipitados em dar o epíteto de encantador, pois, além de seu torso, muito comprido e desenvolvido, não estar em harmonia com suas perninhas finas, sua cabeça tinha um volume tão desmesurado que infringia todas as proporções indicadas não só pela natureza, como pelos mestres do desenho (que, muito mais que a natureza, dominam o assunto).

Porém, se havia algum defeito em sua figura, esse defeito era compensado pela excelência de seus trajes, que indicavam um homem ao mesmo tempo bem-educado e de bom gosto: usava um dólmã de veludo roxo com uma porção de ornamentos e botões de ouro, calções iguais e as mais encantadoras botas que já se viram nos pés de um aspirante, ou mesmo de um oficial, pois eram tão justas que pareciam pintadas. Mas, para um homem que, em matéria de *fashion*, parecia ter gostos tão superiores, havia duas coisas estranhas: uma era usar um feio e estreito casaco de madeira, que parecia um rabo que ele tivesse prendido na parte inferior da nuca e que caía no meio de suas costas; e a outra um reles gorrozinho de montanhês que ele ajustara na cabeça. Marie, contudo, ao reparar nesses dois itens, que tanto contrastavam com o resto de sua indumentária, ponderara que, por cima de seu redingote amarelo, o próprio padrinho Drosselmeier usava uma pequena pelerine que não tinha melhor aspecto que o casaco de madeira do bonequinho, e que às vezes ele cobria a cabeça com um horrível e indesculpável barrete, perto do qual todos os barretes da terra eram uma obra-prima, o que não impedia o padrinho Drosselmeier de ser um excelente padrinho. Ela inclusive matutou que, mesmo que copiasse os trajes do homenzinho do casaco de madeira, o padrinho Drosselmeier ainda estaria bem longe de ser tão gentil e gracioso quanto ele.

Concebe-se que todas essas reflexões de Marie não se deram sem um exame aprofundado do bonequinho, com quem ela simpatizara imediatamente. Ora, quanto mais o examinava, mais doçura e meiguice Marie constatava em sua fisionomia. Seus olhos verde-claros, aos quais não se podia fazer outra censura exceto serem um pouco saltados, eram pura serenidade e bondade. A barba de algodão branco frisado, que se espalhava por todo o seu queixo, caía-lhe particularmente bem, na medida em que valorizava o encantador sorriso de sua boca, um pouco esgarçada demais talvez, porém vermelha e luzidia. Pois bem, após contemplá-lo com uma afeição crescente durante mais de dez minutos e sem ousar tocá-lo, a menina exclamou:

— Oh, paizinho, de quem é aquele meigo bonequinho que está recostado ali, junto à árvore de Natal?

— De ninguém em especial. De vocês dois — respondeu o prefeito.

— Como assim, paizinho? Não compreendo.

— É um trabalhador comum — prosseguiu o prefeito. — É o futuro encarregado de quebrar para vocês todas as nozes que vocês comerem. E ele é tanto seu quanto de Fritz, tanto de Fritz quanto seu.

E, dizendo isso, o prefeito tirou-o com cuidado do lugar onde estava instalado, ergueu seu estreito casaco de madeira e, mediante um jogo de alavanca dos mais simples, fez com que abrisse a boca, revelando duas fileiras de dentes brancos e pontiagudos. Então Marie, incentivada pelo pai, introduziu ali uma noz; e krac! kroc! O bonequinho quebrou a noz com tamanha destreza que a casca caiu em mil pedaços e a parte comestível permaneceu intacta nas mãos de Marie. A menina compreendeu então que o gracioso bonequinho era um descendente da raça antiga e venerada dos quebra-nozes, cuja origem, tão remota quanto a da cidade de Nuremberg, perde-se na noite dos tempos, e que ele continuava a exercer a honrosa e filantrópica profissão de seus ancestrais. Encantada por ter feito essa descoberta, Marie pôs-se a pular de alegria. Foi quando o prefeito disse:

— Muito bem, querida Marie, uma vez que o quebra-nozes lhe agrada tanto, embora pertença igualmente a Fritz, você é que será a responsável por ele. Coloco-o portanto sob sua proteção.

Dizendo essas palavras, o prefeito entregou o bonequinho a Marie, que o tomou nos braços e botou-o imediatamente para trabalhar. No entanto, tão grande era o coração dessa encantadora criança que ela escolhia as nozes menores, a fim de que seu protegido não precisasse abrir a boca exageradamente, o que não lhe ficava bem e dava uma expressão ridícula à sua fisionomia. A srta. Trudchen então se aproximou para desfrutar da arte do bonequinho,

que também quebrou nozes para ela, graciosamente e sem reclamar nem um pouco, mesmo sendo a srta. Trudchen, como sabemos, apenas uma dama de companhia.

Porém, enquanto continuava a adestrar seu alazão e a manobrar seus hussardos, Fritz ouvira o krac! krac! kroc! e, a esse ruído vinte vezes repetido, intuíra que estava acontecendo alguma coisa diferente. Levantara então a cabeça e voltara seus grandes olhos inquisitivos para o grupo composto pelo prefeito, Marie e a srta. Trudchen, percebendo nos braços da irmã o bonequinho de casaco de madeira. Apeara então do cavalo e, sem dar-se ao trabalho de reconduzir o alazão ao estábulo, correra até Marie, revelando sua presença com uma alegre gargalhada, suscitada pela grotesca expressão do bonequinho ao abrir sua bocarra. Fritz aproveitou para reivindicar sua parcela das nozes que o bonequinho quebrava, o que lhe foi concedido; depois, o direito de ele mesmo acionar o quebra-nozes, o que também lhe foi concedido, como proprietário da metade. Entretanto, ao contrário da irmã e a despeito de suas observações, Fritz escolheu prontamente as nozes maiores e mais duras, o que fez com que, na quinta ou sexta noz introduzida por ele na boca do bonequinho, se ouvisse de repente: karrac! – e três dentinhos saltaram das gengivas do quebra-nozes, cujo queixo, agora desconjuntado, ficou frouxo e tremelicante feito o de um velho.

– Ah, coitadinho do meu quebra-nozes! – exclamou Marie, arrancando o bonequinho das mãos de Fritz, que respondeu:

— Que grande imbecil! Quer ser quebra-nozes e tem um maxilar de papel. É um falso quebra-nozes que não sabe o que faz. Passe-o para cá, Marie. Vou obrigá-lo a continuar a trabalhar para mim, mesmo perdendo o resto de seus dentes e seu queixo arrebentando para sempre. Afinal, o que você vê nesse preguiçoso?

— Não, não, não! — implorou Marie, apertando o bonequinho em seus braços. — Não, não lhe emprestarei mais o meu quebra-nozes. Veja como ele me olha com um ar infeliz, mostrando seu pobre queixo ferido. Feio! Você não tem coração, bate nos seus cavalos e, outro dia mesmo, mandou fuzilar um dos seus soldados.

— Bato nos meus cavalos quando eles refugam — respondeu Fritz com seu ar mais petulante — e, quanto ao soldado que mandei fuzilar outro dia, era um miserável vagabundo, do qual não consegui fazer nada durante o ano inteiro que ficou sob minhas ordens e que uma bela manhã terminou por desertar com armas e bagagens, o que, em qualquer país do mundo, levaria à pena de morte. Aliás, todas essas coisas são da esfera de uma disciplina que não diz respeito às mulheres. Eu não a proíbo de bater nas suas bonecas, não me proíba então de surrar meus cavalos e fuzilar meus militares. Agora eu quero o quebra-nozes.

– Oh, paizinho! Socorro! – gritou Marie, embrulhando o bonequinho em seu lenço de bolso. – Socorro! Fritz quer roubar o meu quebra-nozes!

Aos gritos de Marie, acorreram não só o prefeito, que tinha se distanciado, como sua mulher e o padrinho Drosselmeier. As duas crianças expuseram cada qual seus motivos: Marie queria conservar consigo o quebra-nozes; e Fritz, pegá-lo de volta. Para grande espanto de Marie, o padrinho Drosselmeier, com um sorriso que pareceu feroz à menina, deu razão a Fritz. Felizmente para o pobre quebra-nozes, o prefeito e sua esposa alinharam-se à opinião de Marie.

– Querido Fritz – decretou o prefeito –, coloquei o quebra-nozes sob a proteção de sua irmã e, pelo que meus parcos conhecimentos de medicina me permitiram julgar neste momento, vejo que o pobre coitado acha-se bastante estropiado e necessitando de cuidados. Até sua perfeita convalescença, portanto, concedo plenos poderes a Marie, e sem direito a réplica. Aliás, você, que é um ás na disciplina militar, onde já se viu um general mandar de volta à batalha um soldado ferido a seu serviço? Os feridos vão para o hospital até se curarem e, se ficam incapacitados por seus ferimentos, são imediatamente afastados.

Fritz quis insistir, mas o prefeito ergueu o indicador à altura do olho direito e pronunciou as duas palavras!

– Sr. Fritz!

Já mencionamos o efeito que essas duas palavras exerciam sobre o menino. Assim, envergonhado por ter provocado aquela reprimenda, ele esgueirou-se, lentamente e sem dizer uma palavra, para o lado da mesa onde estavam os hussardos, que, após terem espalhado seus olheiros e estabelecido postos avançados, retiraram-se silenciosamente para suas patrulhas noturnas.

Enquanto isso, Marie recolhia os dentinhos do quebra-nozes, que ela continuava a manter embrulhado em seu lenço e cujo queixo amarrara com uma bonita fita branca tirada de seu vestido de seda. O bonequinho, por sua vez, a princípio muito pálido e assustado, parecia confiante na bondade de sua protetora e, sentindo-se delicadamente embalado por ela, consolava-se aos poucos. Então Marie notou que o padrinho Drosselmeier observava com um ar trocista os cuidados maternais que ela dispensava ao casaco de madeira, parecendo-lhe inclusive que o olho único do conselheiro de medicina ganhara uma expressão de malícia e maldade a que ela não estava acostumada. Isso fez com que desejasse se afastar dele.

O padrinho Drosselmeier deu então uma gargalhada, dizendo:

– Só rindo mesmo! Querida afilhada, não compreendo como uma garotinha como você pode ser tão gentil com esse horrendo bonequinho.

Marie voltou-se e, como seu senso de justiça lhe dizia que o elogio feito pelo padrinho não compensava o injusto ataque dirigido a seu quebra-nozes, sentiu-se, contra sua natureza, fula de raiva, e aquela vaga comparação que já fizera de seu padrinho com o homenzinho de casaco de madeira voltou-lhe à mente:

— Padrinho Drosselmeier — ela disse —, está sendo injusto com o pobrezinho do meu quebra-nozes chamando-o de horrendo bonequinho. Quem sabe não ficaria tão bonito como ele se vestisse seu gracioso dólmã, seus graciosos culotes e suas graciosas botas?

A essas palavras, os pais de Marie puseram-se a rir, e o conselheiro de medicina ficou com cara de tacho.

Por que o conselheiro de medicina ficara com cara de tacho e por que o prefeito e a esposa tinham caído na risada? Foi o que Marie, espantada com a reação que sua resposta produzira, tentou em vão compreender.

Coisas maravilhosas

Não sei se vocês lembram, queridos amiguinhos e amiguinhas, que me referi de passagem a um certo grande armário de vidro, no qual os brinquedos das crianças eram guardados. Esse armário ficava à direita de quem entra no salão do prefeito. Marie ainda estava no berço e Fritz mal sabia andar quando o pai encomendara aquele armário a um marceneiro muito talentoso, que o dotou de vidros tão cristalinos que os brinquedos, quando arrumados nas prateleiras, pareciam dez vezes mais bonitos do que nas mãos de alguém. Na prateleira do alto, que nem Marie nem Fritz conseguiam alcançar, ficavam as obras-primas do padrinho Drosselmeier. Imediatamente abaixo vinha a prateleira dos livros ilustrados; por fim, as duas últimas prateleiras pertenciam a Fritz e Marie, que dispunham delas como bem lhes aprouvesse. Quase sempre, contudo, por um acordo tácito, Fritz apropriava-se da prateleira superior, que destinava ao aquartelamento de suas tropas, enquanto Marie ficava com a prateleira de baixo, para suas bonecas e respectivos pertences e camas. Foi o que aconteceu no dia de Natal: Fritz acomodara os recém-chegados na prateleira superior e Marie, após relegar a srta. Rose a um canto, dera seu quarto e sua cama para a srta. Claire, que era o nome da nova boneca, convidando-se para uma noite de doces em sua casa. Dito isso, a srta. Claire, relanceando à sua volta e vendo seus pertences bem-arrumados nas prateleiras, a mesa cheia de bombons e balas, e sobretudo a caminha branca com sua colcha de seda cor-de-rosa tão fresca e bonita, pareceu bastante satisfeita com os novos aposentos.

A noite avançava enquanto essas providências eram tomadas. Já era meia-noite, o padrinho Drosselmeier já tinha ido embora fazia tempo e ninguém ainda conseguira arrancar as crianças da frente do armário.

Contrariando seus hábitos, Fritz foi o primeiro a render-se aos argumentos dos pais, quando estes avisaram que já era hora de deitar.

— Pensando bem — sentenciou —, depois do exercício que os meus hussardos realizaram a noite inteira, os pobres-diabos devem estar cansados. Ora, eu os conheço, são bravos soldados cientes de seu dever para comigo, e, considerando que se eu permanecesse aqui não haveria um que se permitisse fechar o olho, retiro-me.

A essas palavras, após passar-lhes instruções para que não fossem surpreendidos por alguma patrulha inimiga, Fritz efetivamente se retirou.

O mesmo não aconteceu com Marie. E como a mãe, que tinha pressa de juntar-se ao marido, que já fora para o quarto, fazia de tudo para separá-la de seu querido armário, a menina lhe pediu:

— Mais um instante, um instantinho só, querida mamãe. Ainda tenho uns assuntos para terminar; assim que tiver feito isso, prometo ir para a cama.

Marie pedia essa graça com uma voz tão suplicante, e era uma criança tão obediente e comportada, que sua mãe não viu nenhum inconveniente em lhe conceder o que ela desejava. No entanto, como a srta. Trudchen já subira para preparar a cama da menina, temendo que esta, distraída com seus novos brinquedos, se esquecesse de soprar as velas, a esposa do prefeito encarregou-se pessoalmente dessa providência, deixando arder apenas a lamparina do teto, que espalhava no quarto uma luz baça e doce, e retirou-se por sua vez, dizendo:

— Não demore, querida Marie, pois, se for dormir muito tarde, ficará cansada e não conseguirá se levantar amanhã de manhã.

Com essas palavras, ela saiu do salão e fechou a porta atrás de si.

Assim que Marie se viu a sós, voltou à sua maior preocupação, isto é, o coitadinho do seu quebra-nozes, que ela continuava a carregar debaixo do braço, embrulhado em seu lencinho. Depositou-o delicadamente sobre a mesa, retirou as bandagens e verificou os ferimentos. O quebra-nozes parecia sofrer muito e estar muito descontente.

— Ah, querido bonequinho — ela sussurrou —, por favor, não fique com raiva do meu irmão por ter machucado você. Ele não fez por mal, pode estar certo disso. Ele só é um pouco rude, a vida de soldado endureceu-lhe o coração. No mais, é um excelente menino, eu lhe asseguro, e estou convencida de que, quando o conhecer melhor, você o perdoará. Aliás, como compensação pelo mal que meu irmão lhe fez, vou cuidar tão bem e com tanto carinho de você que, daqui a alguns dias, estará alegre e saudável de novo. Quanto a reimplantar seus dentes e emendar seu queixo, é assunto para o padrinho Drosselmeier, que é um ás nesse tipo de coisas.

Mas Marie não pôde terminar seu pequeno discurso. No momento em que pronunciou o nome do padrinho Drosselmeier, o quebra-nozes, ao qual esse discurso se dirigia, fez uma careta tão atroz e de seus dois olhos verdes saíram clarões tão ofuscantes que a menina, levando um susto, calou e deu um passo atrás. Porém, como o quebra-nozes logo recuperou a fisionomia bondosa e o sorriso melancólico, ela pensou ter tido alguma ilusão, e que fora a chama da lamparina, agitada por alguma corrente de ar, que desfigurara o bonequinho.

Chegou inclusive a rir de si mesma e ruminar: "Que tolice a minha acreditar por um instante que esse boneco de madeira fosse capaz de fazer caretas para mim. Vamos, aproxime-se e cuide dele como seu estado exige."

Findo esse monólogo interior, Marie pegou novamente seu protegido nos braços e, aproximando-se do armário de vidro, bateu à porta que Fritz fechara e disse à boneca nova:

— Por favor, srta. Claire, ceda sua cama ao meu quebra-nozes, que está doentinho, e acomode-se no sofá por uma noite. Pense que a senhorita está em forma e cheia de saúde, como provam suas faces vermelhas e bochechudas. Aliás, uma noite passa depressa e o sofá é bom, e ainda

assim não haverá em Nuremberg muitas bonecas tão bem acomodadas quanto você.

A srta. Claire, como era de se esperar, não deu um pio, mas pareceu a Marie bastante zangada e contrariada. Contudo, julgando em sua consciência que lhe tinha dispensado todas as atenções devidas, Marie deixou de cerimônias e, arrancando-a da cama, deitou ali, com grandes cuidados, o quebra-nozes machucado, puxando os lençóis até seu queixo. Então refletiu que ainda não conhecia a fundo o caráter da srta. Claire, uma vez que tinham apenas algumas horas de contato, e que ela parecera de péssimo humor quando teve sua cama confiscada, podendo acontecer algum infortúnio ao estropiado caso o deixasse ao alcance daquela impertinente. Assim sendo, colocou a cama e o quebra-nozes na prateleira superior, junto à bonita aldeia onde a cavalaria de Fritz estava aquartelada. Após instalar a srta. Claire no sofá, fechou o armário, e preparava-se para se juntar à srta. Trudchen no quarto quando começou a ressoar à sua volta uma série de pequenos ruídos abafados, atrás das poltronas, atrás da estufa de aquecimento, atrás dos armários. Em meio a tudo isso, o grande relógio de parede, que era ornamentado por uma grande coruja dourada em vez do cuco tradicional, zumbia cada vez mais alto, sem todavia decidir-se a bater as horas. Marie então voltou os olhos para ele e viu que a grande coruja dourada fechara suas asas de maneira a cobrir inteiramente o relógio, e que projetava o máximo que podia sua horrenda cabeça redonda, com olhos arregalados e bico adunco. O zumbido, cada vez mais alto, transformou-se num murmúrio que lembrava uma voz, e foi então possível distinguir estas palavras, que pareciam sair do bico da coruja:

— Relógios, relógios, ronronem bem baixinho: o rei dos camundongos tem ouvido sensível. Prrr, pfum, pfum, cantem, cantem para ele sua velha canção. Prrr, pfum, pfum, tilintem sininhos, soem sua última hora, pois daqui a pouco ele fugirá.

E blem, blem, blem, ouviram-se ressoar doze pancadas cavas e roufenhas.

Marie estava morrendo de medo. Começava a tremer dos pés à cabeça e ia fugir, quando percebeu o padrinho Drosselmeier sentado em cima do relógio de parede no lugar da coruja, com as duas abas do redingote amarelo ocupando o lugar das duas asas pendentes da ave noturna. Diante de

tal visão, ela estacou, pregada no chão pelo susto, e pôs-se a gritar, chorando:

— Padrinho Drosselmeier, o que faz aí em cima? Desça para junto de mim e não me assuste assim, malvado padrinho Drosselmeier!

A essas palavras, contudo, um guincho agudo e uma risada alucinada reverberaram. Logo em seguida, ouviram-se milhares de patinhas trotando atrás das paredes, e então surgiram milhares de luzinhas cintilando através das frestas das divisórias. Quando digo milhares de luzinhas, eu erro: eram milhares de olhinhos faiscantes. E Marie percebeu que, de todos os lados, uma verdadeira população de camundongos preparava-se para entrar na sala. Com efeito, ao fim de cinco minutos, pelas frestas das portas e pelas rachaduras do assoalho, milhares de camundongos invadiram o quarto e, trott, trott, trott, hopp, hopp, hopp, correram e pularam para lá e para cá e logo se alinharam em formação de batalha, da mesma forma que Fritz costumava dispor seus soldados. Isso pareceu agradar Marie e, como ela não sentia pelos camundongos o terror natural e pueril que sentem as outras crianças, sem dúvida ia divertir-se infinitamente com aquele espetáculo, quando de repente ouviu um guincho tão terrível, agudo e prolongado que um frio glacial percorreu sua espinha. No mesmo instante, o assoalho ergueu-se e, empurrado por uma força subterrânea, o rei dos camundongos, com suas sete cabeças coroadas, surgiu a seus pés, no meio da areia, do estuque e da argila rachada, e cada uma das sete cabeças começou a guinchar e roer hediondamente, enquanto o corpo ao qual pertenciam despontava. Imediatamente o exército inteiro acorreu até o seu rei, cuicando três vezes em coro. Logo em seguida, mantendo-se em formação, os regimentos de camundongos saíram em disparada pelo aposento, em direção ao armário de vidro, e Marie, cercada por todos os lados, começou a bater em retirada. Como dissemos, não era uma criança medrosa, porém, ao ver-se rodeada por aquele contingente imenso de camundongos, comandado por aquele monstro de sete cabeças, ficou apavorada e seu coração começou a bater tão forte que lhe pareceu querer pular do peito. Então, subitamente, todo o seu sangue pareceu parar de correr, ela sentiu faltar o ar e, quase sem sentidos, recuou, vacilando. Por fim, kling, kling, paft!, ela esbarrou com o cotovelo no vidro

do armário, que se esfacelou em mil pedaços pelo chão. Na mesma hora ela sentiu uma dor intensa no braço esquerdo, mas também o coração mais leve, pois deixou de ouvir aqueles horríveis "cuic cuic" que a haviam assustado tanto. Com efeito, tudo sossegara à sua volta, os camundongos haviam desaparecido e ela achou que, alarmados com o barulho que o vidro fizera ao quebrar, haviam se refugiado em suas tocas.

Mas eis que, quase imediatamente, começou no armário um rumor estranho, e inúmeras vozinhas agudas gritavam com todas as suas débeis forças: "Às armas! Às armas! Às armas!" Ao mesmo tempo, os sinos do castelo começaram a tilintar e, de todos os lados, ouvia-se murmurarem: "Vamos, alerta, alerta! De pé! É o inimigo. Guerra, guerra, guerra!"

Marie virou-se. O armário estava milagrosamente iluminado e dentro dele reinava uma grande confusão: todos os arlequins, pierrôs, polichinelos e marionetes se agitavam, corriam para lá e para cá, exortando-se mutuamente, enquanto as bonecas preparavam bandagens e remédios para os feridos. Por fim, o próprio Quebra-Nozes livrou-se de suas cobertas e pulou da cama sobre os dois pés, esbravejando:

— Knac! Knac! Knac! Estúpido bando de camundongos, voltem para suas tocas ou terão de se haver comigo agora mesmo.

Porém, feita essa ameaça, um guincho ensurdecedor ressoou e Marie percebeu que os camundongos não haviam retornado às suas tocas, e sim, assustados com o barulho do vidro quebrado, se refugiado sob as mesas e poltronas, de onde começavam a sair.

Quebra-Nozes, por sua vez, longe de se assustar, pareceu redobrar de coragem.

– Ah, miserável rei dos camundongos! – exclamou. – Só podia ser você. Finalmente aceitou o combate que há tanto tempo lhe proponho. Venha então, e que esta noite decida nossa querela. E vocês, meus bons amigos, meus companheiros, meus irmãos, se tiver sido sincera a ternura que nos uniu na loja de brinquedos do sr. Zacharias, apoiem-me nesse rude combate. Vamos, avante! Sigam-me os que me amam!

Jamais proclamação teve efeito semelhante: dois arlequins, um pierrô, dois polichinelos e três marionetes exclamaram bem alto:

– Sim, senhor, conte conosco, para a vida e para a morte! Venceremos sob suas ordens ou pereceremos ao seu lado!

A essas palavras, que provavam que havia reciprocidade no coração de seus amigos, Quebra-Nozes sentiu-se tão eletrizado que puxou seu sabre e, sem calcular a altura assustadora em que se encontrava, lançou-se da segunda prateleira. Marie, vendo aquele salto perigoso, deu um grito, pois Quebra-Nozes ia se esborrachar. Foi quando a srta. Claire, que estava na prateleira de baixo, projetou-se de seu sofá e amparou Quebra-Nozes em seus braços.

— Ah, querida e bondosa Claire — exclamou Marie, juntando suas duas mãos com doçura —, como me enganei a seu respeito!

Mas a srta. Claire, concentrada na situação, dizia a Quebra-Nozes:

— Meu senhor, como, já ferido e machucado, arrisca-se em novas peripécias? Contente-se em comandar; deixe os outros combaterem. Sua coragem é conhecida, não precisa de novos feitos.

E tentava conter o valoroso Quebra-Nozes apertando-o contra sua blusa de seda, mas ele começou a se sacudir e a espernear de tal maneira que a srta. Claire foi obrigada a deixá-lo escapar. Ele então escorregou de seus braços e, caindo de pé com uma graça perfeita, pôs um joelho no chão e lhe disse:

— Princesa, esteja certa de que, embora tenha sido injusta comigo em determinada época, sempre me lembrarei da senhorita, mesmo no calor da batalha.

Então a srta. Claire curvou-se o máximo possível e, agarrando-o com seu bracinho, obrigou-o a se levantar; em seguida, soltando habilmente o próprio cinto, cintilante de lantejoulas, fez com ele uma faixa e quis passá-la no pescoço do jovem herói. Mas este recuou dois passos e, enquanto se inclinava em testemunho de sua gratidão por tão grande favor, levou-o aos lábios e, tendo cingido seu corpo com ele, leve e ágil como um pássaro, saltou da prateleira em que estava para o assoalho, brandindo seu pequeno sabre. Imediatamente os guinchos e grunhidos recomeçaram mais ferozes do que nunca, e o rei dos camundongos, como se respondendo ao desafio de Quebra-Nozes, saiu de sob a grande mesa do centro com sua tropa, enquanto à direita e à esquerda as duas alas começavam a regurgitar das poltronas onde haviam se entrincheirado.

A BATALHA

— Trombetas, ordenem o ataque! Tambores, rufem! — bradou Quebra-Nozes.

Imediatamente as trombetas do regimento de hussardos de Fritz começaram a bramir, enquanto os tambores de sua infantaria rufavam e ouvia-se o troar surdo e reverberante dos canhões. Ao mesmo tempo, um grupo de músicos organizou-se: eram fígaros com suas guitarras, tiroleses com seus oboés, pastores suíços com suas trompas, negros com seus triângulos, que, embora não chamados por Quebra-Nozes, nem por isso deixaram de, à guisa de voluntários, descer de uma prateleira a outra tocando uma marcha de ataque. Isso, sem dúvida, contagiou os bonecos mais pacíficos; no mesmo instante uma espécie de guarda nacional comandada pelo guarda suíço, em cujas fileiras alinharam-se arlequins, polichinelos, pierrôs e marionetes, organizou-se e, armando-se rapidamente com tudo que pôde encontrar, ficou pronta para o combate. Não houve um cozinheiro que, abandonando seu fogo, não descesse com seu espeto, com perus assados pela metade, e não fosse ocupar seu lugar nas fileiras. Quebra-Nozes pôs-se à frente desse valente batalhão, que, para vergonha das tropas oficiais, foi o primeiro a ficar pronto.

Cumpre sermos imparciais, caso contrário julgariam que nossa simpatia pela ilustre milícia cidadã de que fazíamos parte nos cega: não era culpa dos hussardos e infantes se não ficaram prontos com a mesma celeridade dos outros. Fritz, após despachar as patrulhas e os postos avançados, aquartelara o resto de seu exército em quatro caixas, que depois fechara. Os infelizes prisioneiros então, por mais que ouvissem o tambor e a trombeta conclamando-os à batalha, estavam trancados e não conseguiam sair. Era possível ouvi-los remexendo-se nas caixas como lagostins num puçá, porém, mesmo com todo o esforço, era impossível escapar. Por fim, os granadeiros, que não haviam sido tão bem guardados quanto os outros, conseguiram erguer a tampa de sua caixa e acudiram os batedores e espiões. Num instante todos estavam de pé e, percebendo a utilidade que teria a cavalaria, foram libertar os hussardos, que se puseram imediatamente a caracolar pelos flancos e a se alinhar quatro por quatro.

Contudo, se as tropas oficiais estavam alguns minutos atrasadas, graças à disciplina que Fritz lhes impusera logo compensaram o tempo perdido, e infantes, cavaleiros e artilheiros começaram a descer, qual uma avalanche, em meio aos aplausos da srta. Rose e da srta. Claire, que, vendo-os passar, os incentivavam com gestos e palavras, como faziam antigamente as belas castelãs, das quais sem dúvida descendiam.

Enquanto isso, o rei dos camundongos constatava que era um exército inteiro que tinha pela frente. Com efeito, no centro estava Quebra-Nozes com sua valente guarda civil; à esquerda, o regimento de hussardos, que só esperavam o momento de atacar; à direita, uma infantaria formidável; e, sobre um banquinho alto que dominava todo o campo de batalha, acabava de se estabelecer uma bateria de dez peças de canhão. Além disso, uma poderosa reserva, composta de bonecos de pão de mel e cavaleiros de açúcar de todas as cores, permanecera no armário e começava a se agitar também. Mas ele avançara demais para recuar, e então emitiu um "cuic", repetido em coro por todo o seu exército.

Do banquinho, uma ala da artilharia reagiu, disparando uma rajada de metralha contra as massas camundonguesas.

Quase no mesmo instante, todo o regimento de hussardos moveu-se para atacar, e a poeira levantada pelas patas dos cavalos, somada à fumaça cada vez mais densa dos canhões, impediu que Marie enxergasse o campo de batalha.

Contudo, em meio ao estrépito dos canhões, aos gritos dos combatentes e ao estertor dos moribundos, ela continuava a ouvir a voz de Quebra-Nozes comandando a refrega.

– Sargento Arlequim – ele gritava –, pegue vinte homens e aja como elemento surpresa no flanco do inimigo. Tenente Polichinelo, forme em quadrado. Capitão Palhaço, ordene fogos de pelotão. Coronel dos hussardos, ataque compactamente, e não em grupos de quatro, como fez. Bravo, srs. Soldadinhos de chumbo, bravo! Se todos cumprirem seu dever como vocês, estamos feitos!

Marie, entretanto, ouvindo aquela arenga, percebeu que a batalha era árdua e a vitória, incerta. Os camundongos, rechaçados pelos hussardos, dizimados pelos fogos de pelotão, abatidos pelas rajadas de metralha, investiam cada vez mais nervosos, mordendo e rasgando tudo que encontravam pela frente. Era, como as refregas dos tempos da cavalaria, uma terrível luta corpo a corpo, na qual todos atacavam e se defendiam sem se preocupar com o vizinho. Quebra-Nozes fazia de tudo para coordenar o conjunto dos movimentos e manobrar compactamente. Os hussardos, acuados por um regimento de incontáveis camundongos, haviam se dispersado e tentavam inutilmente reunir-se em torno de seu coronel. Um denso batalhão de camundongos isolara-os do corpo de exército e investia contra a guarda civil, que operava milagres. O guarda municipal agitava-se com sua alabarda feito um diabo com seu tridente; o cozinheiro espetava destacamentos inteiros de camundongos; os soldadinhos de chumbo resistiam feito muralhas. Em contrapartida, Arlequim, com seus vinte homens, fora rechaçado e viera abrigar-se sob a proteção da bateria. Enquanto isso, o quadrado do tenente Polichinelo fora atacado e seus remanescentes em fuga haviam semeado a desordem na guarda civil. Por fim, o capitão Palhaço, sem dúvida por falta de cartuchos, suspendera o fogo e debandava; lentamente, mas, em suma, debandava. Desse movimento retrógrado, operado em toda a linha, resultou que a bateria de canhões viu-se a descoberto. Ime-

diatamente, compreendendo que era da conquista daquela bateria que dependia o sucesso da batalha, o rei dos camundongos ordenou às suas tropas mais aguerridas que atacassem. Num instante o banquinho foi escalado e os canhoneiros, mortos sobre suas peças. Um deles, inclusive, ateou fogo no paiol de seu carro de combate, levando consigo, em sua morte heroica, cerca de vinte inimigos. Mas toda essa coragem foi inútil contra a vantagem numérica dos camundongos, e logo uma rajada de metralha, disparada por suas próprias peças, acertou em cheio o batalhão comandado por Quebra-Nozes e informou-lhe que a bateria do banquinho caíra em mãos inimigas.

Assim, Quebra-Nozes perdeu a batalha e cuidou de fazer uma retirada honrosa; nesse ínterim, para dar alguma folga às suas tropas, convocou a reserva.

Imediatamente os bonequinhos de pão de mel e o regimento dos bombons desceram do armário e entraram na liça. Eram tropas descansadas, é verdade, mas pouco experientes: os bonequinhos de pão de mel, sobretudo, eram bastante desastrados e, golpeando a torto e a direito, estropiavam tanto os amigos quanto os inimigos. O regimento dos bombons resistia firme, mas não havia entre os combatentes nenhuma homogeneidade: eram imperadores, cavaleiros, tiroleses, jardineiros, cupidos, macacos, leões e crocodilos, de maneira que não conseguiam harmonizar seus movimentos e só se impunham como contingente. Sua contribuição, porém, deu frutos: assim que os camundongos provaram os pães de mel e roeram o regimento dos bombons, abandonaram os soldadinhos de chumbo, difíceis de morder, bem como os polichinelos, palhaços, arlequins, guardas municipais e cozinheiros, que eram simplesmente forrados de estopa e farelo, e dispararam em direção à desafortunada reserva, que, num instante, foi cercada por milhares e, após uma defesa heroica, devorada com armas e bagagens.

Quebra-Nozes bem quis aproveitar esse momento de trégua para juntar-se ao seu exército, mas o terrível espetáculo da reserva destruída congelara as coragens mais intrépidas. O Palhaço estava pálido como a morte; o Arlequim, com a roupa em farrapos; um camundongo penetrara na corcunda do Polichinelo e, como a raposa daquela história do jovem espartano, devorava-lhe as entranhas; por fim, o coronel dos hussardos fora capturado com parte de seu regimento e, graças aos cavalos dos infelizes cativos, um corpo de cavalaria camundonguesa acabava de se formar.

Não se tratava mais, portanto, para o desafortunado Quebra-Nozes, de vitória; não se tratava sequer de debandada: tratava-se simplesmente de morrer honrosamente. Ele se colocou à frente de um pequeno grupo de homens, decididos como ele a vender caro a própria vida.

Em meio a tudo, a desolação reinava entre as bonecas: a srta. Claire e a srta. Rose beliscavam o braço uma da outra e davam gritinhos histéricos.

– Ai de mim! – dizia a srta. Claire. – Estarei fadada a morrer na flor da idade, eu, filha de rei, destinada a tão belo futuro?

– Ai de mim! – dizia a srta. Rose. – Estarei fadada a cair viva nas patas do inimigo? Então conservei-me tão bela para ser roída por imundos camundongos?

As outras bonecas corriam desesperadas e seus gritos se misturavam às lamentações das duas bonecas protagonistas.

Enquanto isso, a situação ia de mal a pior para Quebra-Nozes, pois acabava de ser abandonado pelos poucos amigos que lhe tinham permanecido fiéis: os remanescentes do esquadrão de hussardos haviam se refugiado no armário; os soldadinhos de chumbo haviam caído todos em mãos inimigas. Fazia tempo que os artilheiros estavam mortos; a guarda civil morrera, assim como os trezentos de esparta, sem recuar um passo.

Quebra-Nozes estava acuado na beirada do armário, que ele tentava em vão escalar. Para isso, precisaria da ajuda da srta. Claire ou da srta. Rose, mas ambas haviam preferido desmaiar. Quebra-Nozes fez um último esforço, apelando a todos os seus recursos, e, na agonia do desespero, gritou:

— Um cavalo! Um cavalo! Meu reino por um cavalo!

Porém, como Ricardo III em sua derradeira batalha, sua voz não teve retorno, pior, denunciou-o ao inimigo. Dois franco-atiradores precipitaram-se sobre ele e o agarraram pelo casaco de madeira. No mesmo instante, ouviu-se a voz do rei dos camundongos, guinchando pelas sete goelas:

— Peguem-no vivo ou perderão as cabeças! Lembrem que preciso vingar minha mãe. O suplício dele irá amedrontar os quebra-nozes do futuro!

E precipitou-se também ele para o prisioneiro.

Marie, contudo, não pôde suportar por mais tempo aquele horrível espetáculo.

– Oh, meu pobre Quebra-Nozes! – exclamou, soluçando. – Meu pobre Quebra-Nozes, que amo de todo o meu coração, então verei você morrer assim?!

Simultaneamente, com um movimento instintivo, sem se dar conta do que fazia, desafivelou seu sapato e, com toda a força, atirou-o sobre a refrega, e tão habilidosamente que o terrível projétil atingiu o rei dos camundongos, que rolou na poeira. No mesmo instante rei e exército, vencedores e vencidos, desapareceram como que aniquilados. Marie sentiu uma dor mais forte do que nunca em seu braço machucado. Quis alcançar uma poltrona para sentar, mas faltaram-lhe forças e ela caiu desmaiada.

A DOENÇA

Quando Marie despertou de seu sono letárgico, estava deitada em sua caminha e o sol penetrava radioso e brilhante através das vidraças cobertas pela geada. Ao lado dela estava sentado um estranho, que ela logo reconheceu como o cirurgião Wandelstern, e que disse baixinho, assim que ela abriu os olhos:

– Ela acordou!

Então a esposa do prefeito adiantou-se e examinou a filha com um olhar inquieto e aflito.

– Ah, querida mamãe! – exclamou a pequena Marie, ao vê-la. – Todos aqueles horríveis camundongos foram embora? Meu pobre Quebra-Nozes se salvou?

– Pelo amor de Deus, querida Marie, chega de tolices. O que os camundongos têm a ver com o quebra-nozes? Ora, você, pestinha, nos deixou preocupados. Isso sempre acontece quando as crianças são teimosas e desobedecem aos pais. Ontem você brincou até tarde com suas bonecas; provavelmente dormiu, e é possível que um pequeno camundongo a tenha assustado. Enfim, amedrontada, você deu uma cotovelada no armário de vidro e cortou tão profundamente o braço que o dr. Wandelstern, que acabava de retirar os cacos que haviam ficado no ferimento, afirma que você correu o risco de romper a artéria e morrer por uma hemorragia. Graças a Deus, acordei, nem sei que horas, e, lembrando que tinha deixado você no salão, fui até lá. Coitadinha, você estava estendida no chão, junto ao armário, e bem perto, espalhados, as bonecas, os bonecos, os polichinelos, os soldadinhos de chumbo, os bonecos de pão de mel e os hussardos de Fritz, todos misturados, enquanto você, com o braço sangrando, segurava Quebra-Nozes. Mas como conseguiu ficar com o pé esquerdo descalço, estando o sapato a três ou quatro passos de distância?

— Ah, mãezinha — respondeu Marie, ainda arrepiada com a recordação —, eram, como pode ver, os vestígios da grande batalha travada entre bonecos e camundongos. E o que me assustou tanto foi ver que os camundongos, vitoriosos, estavam prestes a capturar o pobre Quebra-Nozes, que comandava o exército dos bonecos. Foi aí que atirei meu sapato em cima do rei dos camundongos. Depois, não sei mais o que aconteceu.

O cirurgião sinalizou com os olhos para a esposa do prefeito, e esta procurou tranquilizar Marie:

— Esqueça tudo isso, minha filha, acalme-se. Todos os camundongos foram embora e o pequeno quebra-nozes está no armário de vidro, alegre e saudável.

Nesse momento, o prefeito entrou e teve uma conversa demorada com o cirurgião. Mas, de todas as suas palavras, Marie só conseguiu entender estas:

– É delírio.

Ouvindo isso, Marie adivinhou que duvidavam de sua história e, como ela mesma, agora que o dia voltara, compreendia perfeitamente que haviam tomado tudo que lhe acontecera por uma fábula, não insistiu mais, submetendo-se a tudo que queriam. Tinha pressa de sair da cama para visitar o seu pobre Quebra-Nozes. Sabia, contudo, que ele saíra são e salvo da batalha e, no momento, era tudo que ela desejava saber.

Marie começou a sentir-se entediada. Não podia brincar, por causa do braço machucado, e, quando queria ler ou folhear seus livros ilustrados, tudo rodava diante de seus olhos e ela logo se via obrigada a desistir da distração. O tempo, portanto, parecia-lhe arrastar-se, e ela esperava com impaciência a noite, porque então sua mãe vinha sentar junto à sua cama e lhe contava ou lia histórias.

Ora, uma noite, a esposa do prefeito acabava justamente de contar a deliciosa história do príncipe Facardin, quando a porta se abriu e o padrinho Drosselmeier colocou a cabeça para dentro do quarto, dizendo:

— Ora, preciso ver com meus olhos como vai a pobre doente.

Porém, assim que Marie viu o padrinho Drosselmeier, com sua peruca de vidro, o tapa-olho no olho e o redingote amarelo, a lembrança da noite em que Quebra-Nozes perdeu a fatídica batalha contra os camundongos apresentou-se tão viva ao seu espírito que, involuntariamente, ela gritou para o conselheiro de medicina:

— Oh, padrinho Drosselmeier, você foi horrível! Vi quando montou no relógio e o cobriu com suas asas para que a hora não pudesse soar, pois a pancada da hora teria enxotado os camundongos. Ouvi quando chamou o rei das sete cabeças. Por que não foi socorrer meu pobre Quebra-Nozes, horrível padrinho Drosselmeier? Ai de mim! Ao não socorrê-lo, fez com que eu me machucasse e ficasse de cama!

A esposa do prefeito ouviu tudo isso de olhos arregalados, julgando que a pobre criança voltava a mergulhar no delírio. Transtornada, perguntou-lhe:

— Mas que história é essa, querida Marie? Enlouqueceu de novo?

— Oh, claro que não — replicou Marie. — E o padrinho Drosselmeier sabe muito bem que estou dizendo a verdade.

Mas o padrinho, sem responder nada, fazia caretas medonhas, como alguém que pisasse em carvão em brasa. Em seguida, de repente, pôs-se a entoar, com uma voz anasalada e monótona:

— Ronrone e sussurre,
Relógio carrilhão
Avance e recue,
Brilhante esquadrão!
O relógio plangente
Meia-noite dará;
A coruja é persistente,
O rei fugirá.
Ronrone e sussurre,
Relógio carrilhão
Avance e recue,
Brilhante esquadrão!

Marie observava o padrinho Drosselmeier com olhos cada vez mais perplexos, pois ele lhe parecia ainda mais horrível do que de costume. Teria sentido um medo atroz do padrinho se sua mãe não estivesse presente e se Fritz, que acabava de entrar, não interrompesse aquela estranha cantiga com uma gargalhada.

– Sabia, padrinho Drosselmeier – disse-lhe Fritz –, que hoje você está ainda mais palhaço? Seus trejeitos são iguaizinhos aos do meu velho polichinelo, que joguei atrás da estufa de aquecimento, sem falar na sua cantiga, que não faz nenhum sentido.

Mas a esposa do prefeito ficou muito séria.

– Caro sr. conselheiro de medicina – ela o interpelou –, está fazendo uma brincadeira estapafúrdia, que me parece não ter outro fim senão deixar Marie ainda mais doente do que está.

– Bah! – respondeu o padrinho Drosselmeier. – Não reconheceu, cara senhora, a cantiga do relojoeiro que tenho o hábito de cantar quando venho consertar seus relógios de parede?

Ao mesmo tempo, debruçou-se sobre a cama de Marie e lhe disse precipitadamente:

– Não fique com raiva, menina, por eu não ter arrancado com as próprias mãos os quatorze olhos do rei dos camundongos, mas eu sabia o que fazia, e hoje, como quero fazer as pazes com você, vou lhe contar uma história.

– Que história? – perguntou Marie.

– A da noz Krakatuk e da princesa Pirlipat. Conhece?

– Não, querido padrinho – respondeu a menina, que aquela proposta imediatamente reconciliava com o mestre-inventor. – Conte, então, conte.

– Caro conselheiro – alertou-o a esposa do prefeito –, espero que sua história não seja tão lúgubre quanto sua cantiga.

– Oh, não, cara senhora – respondeu o padrinho Drosselmeier. – Ao contrário, é extremamente amena.

– Conte então – gritaram as crianças –, conte então!

E o padrinho Drosselmeier começou assim:

História da noz Krakatuk e da princesa Pirlipat

Como nasceu a princesa Pirlipat e a grande alegria que esse nascimento proporcionou a seus pais

— Era uma vez, nos arredores de Nuremberg, um pequeno reino — não era nem a Prússia, nem a Polônia, nem a Baviera, nem o Palatinado —, que era governado por um rei.

"Um dia, a mulher desse rei, que por conseguinte calhava de ser a rainha, pôs no mundo uma filhinha, que por conseguinte viu-se princesa de linhagem e recebeu o gracioso e distinto nome de Pirlipat.

"O rei foi imediatamente informado desse evento auspicioso. Acorreu todo esbaforido e, vendo aquele lindo bebê deitado no berço, a satisfação que sentiu de ser pai 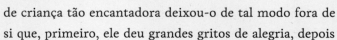 de criança tão encantadora deixou-o de tal modo fora de si que, primeiro, ele deu grandes gritos de alegria, depois

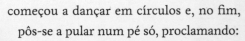

começou a dançar em círculos e, no fim, pôs-se a pular num pé só, proclamando:

"– Oh, Senhor! Vós, que vedes os anjos diariamente, já vistes alguma coisa mais linda do que a minha Pirlipatinha?

"Então, como atrás do rei estavam os ministros, os generais, os grão-oficiais, os prefeitos, os conselheiros e os juízes, todos, vendo o rei dançar num pé só, puseram-se a dançar como ele, dizendo:

"– Não, não, nunca, sire, não, não, nunca, não existe coisa mais linda no mundo do que vossa Pirlipatinha.

"E, com efeito, o que as surpreenderá muito, queridas crianças, é que essa resposta não era nenhum tipo de bajulação, pois, realmente, desde a criação do mundo não nascera criança mais linda do que a princesa Pirlipat. Seu rostinho parecia tecido por delicados flocos de seda, cor-de-rosa como as rosas e brancos como os lírios. Seus olhos eram do mais cintilante anil e nada era mais encantador do que ver os fios de ouro de seus cabelos se reunirem em minúsculos cachinhos, reluzentes e frisados, sobre seus ombros de alabastro. Acrescentem a isso que Pirlipat, ao vir ao mundo, trouxera duas fileiras de dentinhos, ou melhor, de verdadeiras pérolas, com os quais, duas horas após seu nascimento, mordeu tão vigorosamente o dedo do grão-chanceler (o qual, sofrendo de vista cansada, quisera vê-la muito de perto) que este, embora pertencesse à escola dos estoicos, gritou, dizem uns:

"– Ah, diabinha!

"Enquanto outros sustentam, em consideração à filosofia, que ele disse apenas:

"– Ai! Ai! Ai!

"Em todo caso, ainda hoje as opiniões se dividem quanto a essa grande questão, com ambos os lados recusando-se a ceder. A única coisa sobre a qual *diabistas* e *aístas* puseram-se de acordo, o único fato que se verificou incontestável, é que a princesa Pirlipat mordeu o dedo do grão-chanceler. O que mostrou ao país que havia tanto inteligência quanto beleza no encantador corpinho de Pirlipatinha.

"Todo mundo vivia feliz naquele reino abençoado pelos céus. Só a rainha parecia extremamente preocupada e perturbada, sem que ninguém entendesse o motivo. O que mais impressionou a todos foi o rigor com que essa mãe extremosa mandava vigiar o berço da filha. Com efeito, todas as portas eram defendidas não só pelos alabardeiros da guarda, como também, além das duas guardiãs que não saíam de junto da princesa, por seis outras, que sentavam em volta do berço e se revezavam todas as noites. Mas, sobretudo, o que excitava no mais alto grau a curiosidade, o que ninguém conseguia compreender, era por que todas as seis guardiãs eram obrigadas a manter um gato no colo e coçá-lo a noite inteira a fim de que não parasse de ronronar.

"Estou convencido, queridas crianças, de que estão tão curiosas quanto os habitantes desse pequeno reino sem nome para saber por que essas seis guardiãs eram obrigadas a manter um gato no colo e coçá-lo sem parar para que ele não parasse de ronronar um único instante, mas, como seria em vão procurarem a solução desse enigma, aqui dou-lhes a resposta, a fim de lhes poupar a dor de cabeça que tamanha concentração fatalmente acarretaria.

"Um dia, aconteceu de meia dúzia de soberanos, e dos mais tradicionais, fazerem uma visita conjunta ao futuro pai de nossa heroína, pois nessa data a princesa Pirlipat ainda não tinha nascido. Integravam suas comitivas príncipes reais, grão-duques hereditários e os mais sedutores pretendentes. A visita foi motivo para o rei, que era um monarca dos mais magníficentes, dar uma grande mor-

dida em seu tesouro e oferecer inúmeros torneios, circos e comédias. Mas isso não foi tudo. Após saber, pelo superintendente das cozinhas reais, que o astrônomo da Corte declarara aberta a temporada do abate de porcos, pois a conjunção dos astros anunciava que o ano seria favorável à carne suína, ele ordenou que se promovesse uma grande matança de leitões em seus terreiros e, subindo em sua carruagem, foi pessoalmente pedir, a todos os reis e príncipes naquele momento hospedados em sua capital, que viessem cear com ele, querendo desfrutar do prazer da surpresa que teriam diante da magnífica refeição que pretendia oferecer-lhes. Em seguida, de volta a seus aposentos, fez-se anunciar à rainha e, aproximando-se dela, insinuou-lhe, no tom carinhoso com que costumava levá-la a fazer tudo que ele queria:

"– Caríssima amiga, porventura teria esquecido como sou louco por linguiça? Tem certeza de que não esqueceu?

"À primeira pergunta a rainha compreendeu o que o rei queria dizer. Com efeito, com aquelas meias palavras Sua Majestade pretendia simplesmente que ela se dedicasse, como fizera tantas vezes, à utilíssima tarefa de confeccionar com suas mãos reais a maior quantidade possível de salsichas, salames e linguiças. Ela sorriu então à sugestão do marido, pois, embora exercendo mui honrosamente a profissão de rainha, era menos sensível aos elogios que lhe faziam pela dignidade com que portava o cetro e a coroa do que pela habilidade com que preparava o pudim ou confeccionava um pavê. Contentou-se então em fazer uma graciosa reverência ao esposo, declarando ser sua criada tanto para fazer linguiça como para qualquer outra coisa.

"O grão-tesoureiro foi imediatamente intimado a entregar às cozinhas reais o gigantesco caldeirão de estanho e as imensas panelas de prata destinadas a fazer a linguiça e as salsichas. Um grande fogo de madeira de sândalo foi aceso. A rainha vestiu seu avental de damasco branco e dali a pouco os aromas mais sedutores escapavam do caldeirão. A deliciosa fragrância espalhou-se rapidamente pelos corredores e logo penetrou em todos os cômodos, por fim alcançando a sala do trono, onde o rei reunia o seu conselho. O rei era um *gourmet*, quer dizer, aquele aroma suscitou-lhe intensa sensação de prazer. Por outro lado, sendo um monarca sério e com a reputação de saber se conter, resistiu por algum tempo ao poder de atração que o impelia à cozinha. No fim, contudo, perdendo o autocontrole, viu-se obrigado a ceder ao inexprimível êxtase que experimentava.

"– Senhores – exclamou, levantando-se –, com sua permissão, volto num instante. Esperem-me aqui.

"E, através de aposentos e corredores, chispou para a cozinha, abraçou a rainha, mexeu o conteúdo do caldeirão com seu cetro de ouro, provou-o com a ponta da língua e, um pouco mais sossegado, retornou ao conselho, onde, mesmo distraído, retomou a questão no ponto em que a deixara.

"Saíra da cozinha justo no importante momento em que o toucinho, cortado em pedaços, ia ser cozido nas grelhas de prata. A rainha, animada com seus elogios, concentrava-se nessa importante ocupação e as primeiras gotas de gordura caíam cantando sobre o carvão, quando uma vozinha trêmula se fez ouvir. Dizia:

"— Minha irmã, ofereça-me um pouco de toucinho,
Pois, sendo rainha também, desejo encher a pança.
Raramente comendo alguma coisa com sustança,
Desse inenarrável prato quero meu bocadinho.

"A rainha reconheceu prontamente a voz que a interpelava: era da dona Camundonga.

"Dona Camundonga residia no palácio há longos anos. Afirmava ser aliada da família real e rainha, por sua vez, do reino camundonguês. Eis por que, sob o fogão de lenha da cozinha, mantinha uma Corte bastante considerável.

"A rainha era uma mulher bondosa e sentimental que, ao mesmo tempo que se recusava a reconhecer explicitamente dona Camundonga como rainha e irmã, dispensava-lhe implicitamente uma série de atenções e gentilezas que fizeram o marido, mais aristocrata, censurar-lhe a tendência que tinha a se rebaixar. Ora, como é facilmente compreensível, naquela circunstância solene, ela não quis recusar à sua jovem amiga o que esta lhe pedia, e lhe disse:

"— Chegue mais perto, dona Camundonga, não tenha medo, venha, autorizo-a a provar do meu toucinho ao seu bel-prazer.

"Dona Camundonga apareceu num piscar de olhos, alegre e lampeira, e, saltando sobre o fogo, pegou habilidosamente com sua patinha os pedaços de toucinho que a rainha ia lhe estendendo.

"Mas eis que, atraídos pelos grunhidos de prazer que sua rainha emitia, e sobretudo pelo aroma suculento que o toucinho grelhado espalhava, chegaram, igualmente lampeiros e saltitantes, primeiro, os sete filhos de dona Camundonga, depois seus pais, depois seus aliados, grandes velhacos, insaciáveis comilões, os quais avançaram no toucinho de tal forma que a rainha, por mais hospitaleira que fosse, foi obrigada a lhes advertir que, se continuassem naquele ritmo, não sobraria toucinho para suas linguiças. Entretanto, por mais justa que fosse tal reclamação, os sete filhos de dona Camundonga simplesmente a ignoraram e, dando o mau exemplo para seus pais e aliados, investiram, apesar das repreensões de sua mãe e da rainha, sobre o toucinho de sua tia. Este ia simplesmente acabar, quando, aos gritos da rainha, que não dava mais conta de expulsar seus importunos comensais, acorreu a superintendente, a qual chamou o chefe das cozinhas, o qual chamou o chefe dos aprendizes, os quais surgiram armados com escovões, espanadores e vassouras e conseguiram empurrar novamente para debaixo do fogão todo o povo camundonguês. Mas a vitória, embora completa, viera tarde demais, pois mal restava um quarto do toucinho necessário à confecção dos salames, salsichas e linguiças, sobra que foi, segundo as indicações do matemático do rei, chamado a toda pressa, cientificamente distribuída entre o grande caldeirão de linguiças e as duas grandes panelas de salames e salsichas.

"Cerca de meia hora após esse episódio, o canhão troou, clarins e trombetas ressoaram, e viram-se chegar todos os potentados, príncipes reais, duques hereditários e pretendentes que estavam no país, trajando suas roupas mais magníficas, uns acomodados em carruagens de cristal, outros montados em seus cavalos paramentados. O rei esperava-os na escadaria do palácio e recebeu-os com a mais amável cortesia e graciosa cordialidade. Em seguida, conduziu-os à sala de jantar, sentou-se à cabeceira em sua condição de senhor suserano e, de coroa e com o cetro na mão, convidou os demais monarcas a ocuparem cada qual o lugar que lhe atribuía seu status entre as cabeças coroadas, os príncipes reais, os duques hereditários ou os pretendentes.

"A mesa estava suntuosamente servida e tudo correu bem durante a sopa e a entrada. Porém, quando os salames foram servidos, observou-se que o rei parecia agitado; quando serviram as salsichas, empalideceu consideravelmente; por fim, na hora das linguiças, ergueu os olhos para o teto, suspiros escaparam-lhe do peito, uma dor terrível pareceu rasgar-lhe a alma. Terminou por estirar-se no encosto de sua cadeira, cobriu o rosto com as duas mãos, lastimando-se e soluçando de uma maneira tão lamentável que todos se levantaram e o cercaram com a mais viva inquietude. Com efeito, a crise parecia das mais graves: o cirurgião da Corte procurava inutilmente o pulso do infeliz monarca, que parecia estar sob o peso da mais profunda, terrível e inaudita calamidade. Por fim, depois que foram aplicados violentos remédios para fazê-lo voltar a si, tais como penas de aves queimadas, sais ingleses e chaves nas costas, o rei pareceu recobrar-se um pouco e, entreabrindo os olhos apagados, com a voz débil, quase inaudível, balbuciou essas parcas palavras:

"– Pouco toucinho...!

"A essas palavras, foi a vez de a rainha empalidecer. Atirando-se a seus pés, ela exclamou, com a voz entrecortada pelos soluços:

"– Oh, infeliz, desafortunado e real esposo! Que dor não lhe causei por não ter escutado as recriminações que tantas vezes me fez. Mas vê a culpada a seus pés, pode castigá-la com a severidade que julgar apropriada.

"– O que devo entender por isso? – perguntou o rei. – E o que aconteceu que não me contaram?

"– Ai de mim! Ai de mim! – respondeu a rainha, a quem o marido jamais falara com aquela rudeza. – Ai de mim! Foi a dona Camundonga, com seus sete filhos, com seus sobrinhos, primos e aliados, que devorou todo o toucinho!

"Mas a rainha não conseguiu ir adiante; faltavam-lhe forças, e ela caiu para trás e desmaiou.

"Então o rei levantou-se furioso e, com uma voz terrível, exclamou:

"– Sra. superintendente, o que significa isso?

"A superintendente contou o que sabia, isto é, que, ao acorrer aos gritos da rainha, deparara com Sua Majestade às voltas com toda a família de dona Camundonga e, então, chamara o chefe, que, com a ajuda de seus aprendizes, conseguira fazer todos os saqueadores voltarem para debaixo do fogão.

"O rei, percebendo imediatamente tratar-se de um crime de lesa-majestade, recobrou toda a sua dignidade e calma, ordenando que, face à enormidade do crime, seu conselho especial fosse prontamente reunido e o caso exposto a seus mais hábeis conselheiros.

"Consequentemente, o conselho foi reunido e, por maioria de votos, nele se decidiu que dona Camundonga, acusada de comer o toucinho destinado às salsichas, linguiças e salames do rei, seria processada e, caso considerada culpada, exilada do reino para sempre, ela e sua raça; e o

que ela possuísse em bens, terras, castelos e residências reais, tudo seria confiscado.

"O rei então fez observar a seu conselho secreto e a seus hábeis conselheiros que, enquanto durasse o processo, dona Camundonga e sua família teriam todo o tempo do mundo para comer seu toucinho, o que o exporia a humilhações iguais às que acabara de sofrer na presença de sete cabeças coroadas, para não falar nos príncipes reais, duques hereditários e pretendentes. Exigia, portanto, que um poder discricionário lhe fosse concedido no que dizia respeito a dona Camundonga e sua família.

"O conselho fez uma votação, pró-forma evidentemente, e o poder discricionário requerido pelo rei foi-lhe concedido.

"Ele então enviou um de seus melhores coches, precedido de um diligente emissário, para agilizar a coisa, a um mestre-inventor muito talentoso que morava na cidade de Nuremberg e se chamava Christian-Elias Drosselmeier, convidando-o a apresentar-se em seu palácio para tratar de assunto urgente. Christian-Elias Drosselmeier obedeceu prontamente, pois, sendo um artista deveras habilidoso, não duvidava que um rei tão renomado o requisitasse para lhe confeccionar alguma obra-prima. E, embarcando no coche, viajou dia e noite até se ver na presença do rei. Apressara-se tanto, inclusive, e de tal maneira, que não tivera tempo de vestir-se de modo apropriado e viera com o redingote amarelo que usava habitualmente. Porém, em vez de se zangar com esse desvio da etiqueta, o rei lhe foi grato por isso, porque, se tinha cometido um deslize, o ilustre mestre-inventor o cometera para obedecer sem delonga às ordens de Sua Majestade.

"O rei fez Christian-Elias Drosselmeier entrar em seu gabinete e expôs-lhe a situação: como decidira dar um grande exemplo, expurgando todo o seu reino da raça camundonguesa, e como, atraído pelo grande renome de Drosselmeier,

voltara os olhos para ele a fim de torná-lo o executor de sua justiça. Tinha apenas um receio: que o mestre-inventor, por mais hábil que fosse, visse dificuldades insuperáveis no projeto que a cólera real concebera.

"Mas Christian-Elias Droesselmeier tranquilizou o rei e lhe prometeu que, antes de uma semana, não restaria um camundongo em todo o reino.

"Com efeito, no mesmo dia, pôs-se a fabricar engenhosas caixinhas oblongas, em cujo interior prendeu, na ponta de um arame, um pedaço de toucinho. Ao puxar o toucinho, o ladrão, fosse quem fosse, fazia cair a porta atrás de si e se via prisioneiro. Em menos de uma semana, cem caixas iguais foram fabricadas e dispostas não somente sob o fogão de lenha como em todos os sótãos e porões do palácio.

"Dona Camundonga era infinitamente sagaz e perspicaz para não descobrir a artimanha de mestre Drosselmeier ao primeiro relance. Juntou então os sete filhos, seus sobrinhos e seus primos para avisá-los da emboscada que se armava contra eles. Contudo, após fingirem escutá-la, em respeito ao seu status e pela condescendência que sua idade requeria, eles se retiraram rindo daqueles terrores e, atraídos pelo aroma do toucinho na brasa, mais forte do que todas as admoestações que podiam receber, decidiram aproveitar a sorte grande que vinha sem que soubessem de onde.

"Ao fim de vinte e quatro horas, os sete filhos de dona Camundonga, seus dezoito sobrinhos, cinquenta primos e duzentos e trinta e cinco parentes em diferentes graus, sem contar milhares de seus súditos, tinham sido capturados nas ratoeiras e vergonhosamente executados.

"Então dona Camundonga, junto com os destroços de sua Corte e o que sobrara de seu povo, resolveu abandonar aquelas plagas ensanguentadas pelo massacre dos seus. O boato de tal resolução se espalhou e chegou ao rei. Sua

Majestade comemorou ruidosamente e
os poetas da Corte fizeram inúmeros
sonetos sobre sua vitória, enquanto
os cortesãos comparavam-no a Sesóstris, Alexandre e César.

"Só a rainha estava triste e preocupada. Conhecia dona Camundonga e
desconfiava que ela não deixaria sem
vingança a morte de seus filhos e amigos. E, de fato, no
momento em que, para fazer o rei esquecer o erro que ela
cometera, a rainha preparava para ele, com suas próprias
mãos, um purê de fígado que ele adorava, dona Camundonga surgiu de repente à sua frente e lhe disse:

"– Mortos por teu esposo, sem receio nem remorso,
Meus filhos sobrinhos e primos estão mortos;
Mas tremei, senhora rainha!
Que a criança que carregais em vosso ventre neste dia,
E que em breve será objeto de vosso amor,
Será igualmente o de minha ira.
Vosso esposo tem fortes, canhões, soldados,
Mestres-inventores, conselheiros de Estado,
Ministros, ratoeiras.
A rainha dos camundongos não tem nada disso,
Mas o céu deu-lhe os dentes que vedes!
Para devorar as herdeiras.

"Depois disso, desapareceu e ninguém mais a viu. Mas a rainha, que, com efeito, percebera nos últimos dias que estava grávida, ficou tão perplexa com aquele presságio que se esqueceu do purê de fígado no fogo.

"Assim, pela segunda vez, dona Camundonga privou o rei de um de seus pratos favoritos, o que o deixou furioso e o fez mais uma vez felicitar-se pelo golpe de Estado que tão auspiciosamente empreendera.

"Desnecessário dizer que Christian-Elias Drosselmeier foi liberado com uma esplêndida recompensa e regressou triunfante a Nuremberg."

COMO, APESAR DE TODAS AS PRECAUÇÕES TOMADAS PELA RAINHA, DONA CAMUNDONGA EXECUTOU A AMEAÇA FEITA À PRINCESA PIRLIPAT

— Queridas crianças, agora vocês sabem tão bem quanto eu, não é mesmo?, por que a rainha protegia com tanto zelo a milagrosa princesinha Pirlipat: ela temia a vingança de dona Camundonga, pois, pelo que dona Camundonga dissera, tratava-se simplesmente, para a herdeira do feliz reinozinho sem nome, da perda de sua vida ou pelo menos de sua beleza, o que, para uma mulher, asseguram, é muito pior. O que redobrava a inquietude da extremosa mãe era sobretudo que a máquina do mestre Drosselmeier era completamente inoperante contra a experiência de dona Camundonga. Verdade que o astrônomo da Corte, que era ao mesmo tempo um grande adivinho e um grande astrólogo, temendo que, se não desse seu parecer naquele caso, suprimissem seu cargo como inútil, afirmou ter lido nos astros, de uma maneira infalível, que a família do ilustre gato Murr* era a única em condições de defender o berço do ataque de dona Camundonga. Daí suas seis guardiãs verem-se obrigadas a ter o tempo todo no colo um macho dessa família, indivíduos que de resto eram vinculados à Corte no posto de secretários especiais de legação, devendo, com uma carícia delicada e prolongada, amenizar para esses jovens diplomatas o penoso serviço que prestavam ao Estado.

"Mas, como vocês sabem, crianças, há noites em que despertamos zonzos no meio do sono, e numa dessas noites, apesar de todos os esforços feitos pelas seis guardiãs,

---

* Protagonista do conto cômico "Reflexões do gato Murr", de E.T.A. Hoffmann. (N.T.)

posicionadas ao redor do quarto, cada qual com um gato no colo, e as duas guarda-costas que estavam sentadas à cabeceira da princesa, todas sentiram o sono apoderar-se delas progressivamente. Ora, como cada uma guardava suas sensações para si mesma, evitando contá-las às colegas, na esperança de que estas não percebessem sua distração e vigiassem em seu lugar enquanto ela dormisse, daí resultou que os olhos se fecharam sucessivamente, que as mãos que acariciavam os bichanos pararam e que os bichanos, não sendo mais acariciados, aproveitaram-se da circunstância para cochilar.

"Não saberíamos dizer desde quando durava aquele estranho sono, até que, por volta da meia-noite, uma das guarda-costas despertou num sobressalto. Todas as pessoas que a cercavam pareciam mergulhadas em letargia. Não se ouvia

o menor ronco; ninguém respirava mais. Em toda parte reinava um silêncio sepulcral, em meio ao qual só se ouvia o barulho do cupim furando a madeira. Mas o que fez a guarda-costas ao ver perto dela um grande e horrível camundongo, que, empinado em suas patas traseiras, enfiara a cabeça no berço de Pirlipat e parecia ocupadíssimo em roer o rosto da princesa? Levantou-se, esgoelando-se num grito de pavor. A esse grito, todo mundo acordou, mas dona Camundonga, pois de fato era ela, correu para um dos cantos do quarto. Os conselheiros especiais de legação puseram-se em seu encalço. Infelizmente era tarde demais: dona Camundonga desaparecera por uma fresta do assoalho. No mesmo instante, a princesa Pirlipat, despertada por todo aquele alvoroço, começou a chorar. A esses gritos, as guardiãs e guarda-costas responderam com exclamações de alegria.

"— Louvado seja Deus! — diziam. — Se a princesa Pirlipat está chorando, é porque não está morta.

"E acorreram ao berço. Contudo, foi grande seu desespero quando viram o estado em que ficara aquela delicada e encantadora criatura!

"Com efeito, no lugar das faces róseas, da cabecinha com mechas de ouro, dos olhos cor de anil, espelho do céu, estava instalada uma imensa e disforme cabeça sobre um corpo desproporcional e encarquilhado. Seus dois lindos olhos tinham perdido sua cor celeste e projetavam-se da cabeça, verdes, estáticos e perplexos. Sua boquinha rasgara-se de uma orelha à outra e seu queixo cobrira-se de uma barba hirsuta e frisada, que ficaria muito bem num velho polichinelo, mas era tétrico numa jovem princesa.

"Nesse momento, a rainha entrou. As seis guardiãs de sempre e as duas guarda-costas se atiraram com o rosto no chão, enquanto os seis conselheiros de legação checa-

vam se não havia alguma janela aberta que desse acesso aos telhados.

"O desespero da pobre mãe foi dilacerante. Carregaram-na desmaiada para o quarto real. Mas era o infeliz pai cuja dor mais afligia ver, de tão sinistra e profunda. Foi preciso instalar cadeados em suas janelas para que ele não se atirasse e acolchoar seus aposentos para que ele não arrebentasse a cabeça contra as paredes. Desnecessário dizer que recolheram sua espada e não deixavam nem faca nem garfo ao seu alcance, bem como nenhum instrumento cortante ou pontudo. Essa tarefa foi facilitada na medida em que ele não comeu durante os dois ou três primeiros dias, repetindo sem parar:

"– Oh, monarca desafortunado que eu sou! Oh, destino cruel!

"Talvez, em lugar de acusar o destino, o rei devesse pensar que, como todos os homens o são comumente, fora ele o artífice de seus próprios infortúnios, considerando que, se tivesse sabido comer suas linguiças com um pouco menos de toucinho do que de costume e desistido da vingança, se tivesse deixado dona Camundonga e sua família debaixo do forno de lenha, a desdita que ele lastimava não teria acontecido. Mas cumpre-nos dizer que os pensamentos do soberano pai de Pirlipat não tomaram de forma alguma tal direção filosófica.

"Ao contrário, na necessidade em que sempre se julgam os poderosos de empurrar as calamidades que os golpeiam para os menores que eles, o rei imputou o erro ao talentoso mestre-inventor Christian-Elias Drosselmeier. E, convencido de que, se lhe ordenasse voltar à Corte para ser enforcado ou decapitado, ele decerto evitaria atender ao convite, mandou convidá-lo, ao contrário, para receber uma nova comenda que Sua Majestade criara exclusi-

vamente para os homens de letras, artistas e inventores. Mestre Drosselmeier era um pouco vaidoso e, pensando que uma fita combinaria com seu redingote amarelo, pôs-se imediatamente a caminho. Sua alegria, contudo, logo transformou-se em terror: na divisa do reino, guardas o esperavam, e o tomaram sob custódia e o conduziram de brigada em brigada até a capital.

"O rei, que sem dúvida temia deixar-se enternecer, não quis sequer receber mestre Drosselmeier quando este chegou ao palácio, ordenando que fosse imediatamente conduzido para junto do berço de Pirlipat e notificando o mestre-inventor de que, se dali a um mês a princesa não fosse devolvida a seu estado natural, ele teria sua cabeça impiedosamente decepada.

"Mestre Drosselmeier não tinha pretensão alguma ao heroísmo e nunca almejara morrer senão de morte morrida. Tremeu nas bases, portanto, diante da ameaça. Contudo, entregando-se imediatamente à ciência, cuja extensão sua modéstia pessoal nunca o impedira de constatar, tranquilizou-se aos poucos e dedicou-se à primeira e mais útil providência, que era verificar se o mal cedia a um remédio qualquer ou era efetivamente incurável, como ele julgara perceber ao primeiro relance.

"Com esse fim, desatarraxou a cabeça de Pirlipat com grande destreza, e depois, um após o outro, todos os seus membros, desencaixando seus pés e mãos para examinar mais à vontade não apenas suas articulações e molas, como a engrenagem interior. Porém, coitado!, quanto mais penetrava no mistério da constituição pirlipatina, mais se persuadia de que, à medida que crescesse, a princesa ficaria ainda mais horrível e disforme. Atarraxou então novamente com cuidado os membros de Pirlipat e, sem saber o que fazer nem o que seria de si, entregou-se, junto ao berço da princesa – que não deveria mais abandonar até que ela houvesse recuperado sua forma original –, a uma profunda melancolia.

"A quarta semana já começara e estavam na quarta-feira quando, como fazia diariamente, o rei entrou para verificar se não se operara nenhuma mudança no aspecto da princesa, e, vendo que tudo continuava no mesmo, ameaçou o mestre-inventor com seu cetro:

"– Christian-Elias Drosselmeier, cuide-se! Agora tem apenas três dias para me devolver minha filha tal como era; se teimar em não a curar, será decapitado no próximo domingo.

"Mestre Drosselmeier, que não conseguia curar a princesa não por teimosia, mas por impotência, começou a chorar amargamente, observando, com os olhos marejados, a princesa Pirlipat, que mastigava uma noz tão alegremente como se fosse a menina mais bonita da terra. Diante dessa visão enternecedora, pela primeira vez o mestre-inventor atentou para o singular apego que, desde seu nascimento, a princesa manifestara pelas nozes e a inusitada circunstância que a fizera nascer com dentes. Com efeito, após transformada, pusera-se a gritar e continuara a se dedicar a esse exercício até o momento em que, vendo-se com uma noz nas mãos, quebrou-a, comeu sua semente e dormiu tranquilamente. A partir desse momento, as duas guarda-costas tiveram o cuidado de encher seus bolsos, dando-lhe uma ou várias tão logo ela fazia manha.

"– Oh, intuição da natureza! Eterna e impenetrável simpatia de todos os seres criados! – exclamou Christian-Elias Drosselmeier. – Indica-me a porta que leva à descoberta de teus mistérios. Nela baterei e ela se abrirá.

"Dizendo tais palavras, que muito surpreenderam o rei, o mestre-inventor voltou-se e pediu à Sua Majestade o favor de ser conduzido à presença do astrônomo e astrólogo da Corte. O rei consentiu, desde que sob forte escolta. Mestre Drosselmeier sem dúvida teria preferido ir sozinho, no entanto, como nessa circunstância não dispunha de seu livre-arbítrio, foi obrigado a aceitar o que não podia impedir e atravessar as ruas da capital escoltado como um malfeitor.

"Ao chegar à casa do astrólogo, atirou-se em seus braços e ambos se beijaram em meio a esguichos de lágrimas, pois eram conhecidos de velha data e gostavam muito um do outro. Em seguida, refugiaram-se num gabinete afastado e juntos folhearam uma quantidade infinita de livros que tratavam das intuições, das simpatias, das antipatias e de uma série de outras coisas não menos misteriosas. Por fim, ao anoitecer, o astrólogo subiu à sua torre e, ajudado por mestre Drosselmeier, que também era muito competente naquela matéria, descobriu, apesar do emaranhado das linhas que se entrecruzavam sem parar, que, para quebrar o feitiço que fizera de Pirlipat uma aberração e fazê-la voltar a ser tão bela quanto antes, só lhe restava uma coisa: comer a semente da noz Krakatuk, a qual tinha uma casca tão dura que a roda de um canhão podia passar sobre ela sem quebrá-la. Além disso, era preciso que aquela casca fosse quebrada, na presença da princesa, pelos dentes de um jovem que nunca tivesse feito a barba e que até então só tivesse usado botas. Por fim, ele devia, de olhos fechados, oferecer a semente à princesa e, sempre de olhos fechados, dar sete passos para trás sem tropeçar. Tal era a resposta dos astros.

"Drosselmeier e o astrônomo haviam trabalhado incansavelmente durante três dias e três noites para esclarecer o misterioso enigma. Estava-se precisamente numa noite de sábado, e o rei terminava seu jantar e começava mesmo a sobremesa, quando o mestre-inventor, que deveria ser decapitado ao raiar do dia seguinte, adentrou a sala de jantar real, esbanjando alegria e júbilo e anunciando que finalmente descobrira o meio de devolver à princesa Pirlipat sua beleza perdida. Diante de tal notícia, o rei apertou-o entre os braços com a benevolência mais comovente e perguntou que meio era esse.

"O mestre-inventor comunicou ao rei o resultado de sua consulta ao astrólogo.

"– Eu bem sabia, mestre Drosselmeier – exclamou o rei –, que tudo o que o senhor fazia era pura teimosia. Então está combinado: logo após o jantar, mãos à obra. Tome suas providências, caríssimo mestre-inventor, para que, dentro de dez minutos, o rapaz imberbe esteja aqui, calçando suas botas e com a noz Krakatuk na mão. Cuide sobretudo para que, daqui até lá, ele não beba vinho, a fim de que não tropece quando estiver dando seus sete passos para trás como um caranguejo. Porém, uma vez concluída a operação, diga-lhe que coloco minha adega à sua disposição e que ele poderá encher a cara ao seu bel-prazer.

"Contudo, para grande espanto do rei, mestre Drosselmeier pareceu consternado ao ouvir aquele discurso, e, como se conservava calado, o rei insistiu em saber por que ele calava e permanecia pregado no lugar, em vez de se mexer para executar as soberanas ordens. O mestre-inventor, atirando-se de joelhos, esclareceu-lhe:

"— Sire, é bem verdade que descobrimos o meio de curar a princesa e que esse meio consiste em fazê-la comer a semente da noz Krakatuk, depois que esta tiver sido quebrada por um rapaz que nunca fez a barba e que sempre usou botas, desde que nasceu. Mas não possuímos nem o rapaz nem a noz, não sabemos onde encontrá-los e, segundo toda probabilidade, só muito dificilmente o faremos.

"A essas palavras, o rei, furioso, agitou seu cetro acima da cabeça do mestre-inventor, exclamando:

"— Pois bem, então será executado!

"A rainha, entretanto, foi ajoelhar-se junto a Drosselmeier e ponderou com seu augusto esposo que, cortando a cabeça do mestre-inventor, perderiam inclusive aquela réstia de esperança que ainda os fazia viver; que todas as probabilidades indicavam que o descobridor do horóscopo encontraria a noz e o quebra-nozes; que deviam acreditar naquela nova previsão do astrólogo, visto que nenhuma de suas previsões anteriores se realizara até ali e que, bolas!, um dia elas teriam de se realizar, uma vez que o rei, que não se enganava, nomeara-o seu grão-adivinho; que, por fim, a princesa Pirlipat, tendo apenas três meses, não estava em idade de se casar e que só o faria provavelmente aos quinze anos, o que, por conseguinte, dava a mestre Drosselmeier e seu amigo astrólogo quatorze anos e nove meses para procurar a noz Krakatuk e o rapaz que deveria quebrá-la; que, por conseguinte ainda, podiam dar um prazo a Christian-Elias Drosselmeier, ao fim do qual ele voltaria para prestar contas ao rei, estivesse ou não de posse do duplo remédio que deveria curar a princesa: no primeiro caso, para ser regiamente recompensado; no segundo, para ser decapitado sem misericórdia.

"O rei, que era um homem muito justo e que, nesse dia, por sinal, jantara perfeitamente seus dois pratos favoritos, isto é, um prato de linguiça e um de purê de fígado, dispensou uma atenção benevolente ao pedido de sua sensível e magnânima esposa, decidindo então que o mestre-inventor e o astrólogo começariam imediatamente a procurar a noz e o quebra-nozes, procura para a qual ele estipulava um prazo de quatorze anos e nove meses, mas isso com a condição de que, expirado o prazo, ambos regressassem para prestar contas ao rei, o qual, se voltassem de mãos vazias, faria deles o que bem lhe aprouvesse.

"Se, ao contrário, trouxessem a noz Krakatuk, que deveria restituir à princesa Pirlipat sua beleza original, receberiam, o astrólogo, uma pensão vitalícia de mil táleres e uma luneta de honra, e o mestre-inventor, uma espada de diamantes, a ordem da Aranha de Ouro, que era uma grande comenda do Estado, e um redingote novo.

"Quanto ao jovem que deveria quebrar a noz, o rei estava menos preocupado com isso, afirmando que, através de insistentes classificados nas gazetas nativas e estrangeiras, sempre se conseguiria arranjar um.

"Tocado com aquela magnanimidade, que diminuía pela metade a dificuldade de sua tarefa, Christian-Elias Drosselmeier deu sua palavra de que encontraria a noz Krakatuk, ou que voltaria, como Régulo a Cartago, para prestar contas ao rei.

"Na mesma noite, o mestre-inventor e o astrólogo deixaram a capital do reino para começar suas buscas."

Como o mestre-inventor e o astrólogo percorreram as quatro partes do mundo e descobriram uma quinta, sem encontrar a noz Krakatuk

— Já fazia quatorze anos e cinco meses que o astrólogo e o mestre-inventor vagavam pelas estradas sem encontrar vestígio do que procuravam. Tinham visitado primeiro a Europa, em seguida a América, depois a África, depois a Ásia; haviam inclusive descoberto uma quinta parte do mundo, que os cientistas passaram a chamar de Austrália. Porém, em toda essa peregrinação, embora tivessem visto nozes de diferentes formas e tamanhos, não haviam encontrado a noz Krakatuk. Mesmo assim, numa esperança lamentavelmente infrutífera, haviam passado anos na Corte do rei das tâmaras e do príncipe das amêndoas, e consultado inutilmente a célebre Academia dos Macacos Verdes e a famosa Sociedade Naturalista dos Esquilos; en-

fim, esgotados de cansaço, haviam alcançado a orla da grande floresta que flanqueia o sopé dos montes Himalaia, ruminando, com desânimo, que tinham apenas cento e vinte e dois dias para encontrar o que haviam procurado em vão por quatorze anos e cinco meses.

"Para lhes contar, queridas crianças, as miraculosas aventuras vividas pelos dois viajantes durante essa longa peregrinação, eu teria que reunir vocês todas as noites por um mês, o que certamente terminaria por entediá-las. Então direi apenas que Christian-Elias Drosselmeier, que era o mais obstinado na busca da famosa noz, uma vez que dela dependia sua cabeça, tendo se cansado mais

e se exposto a maiores perigos que o seu
colega, perdera todos os fios de cabelo,
por ocasião de uma insolação sofrida
no equador, e o olho direito, em
virtude de uma flechada disparada
por um chefe caraíba. Além disso,
seu redingote amarelo, que já não
era tão novo quando ele partira da
Alemanha, estava literalmente em
farrapos. Sua situação, portanto, era das mais deploráveis,
mas, ainda assim, o amor à vida é tamanho no homem
que, por mais deteriorado que ele estivesse pelas sucessivas
avarias que padecera, via com um pavor cada vez maior o
momento de ir prestar contas ao rei.

"O mestre-inventor, porém, era um homem honrado. Não ia barganhar com promessa tão solene. Resolveu então, a todo custo, pôr-se a caminho da Alemanha logo no dia seguinte. Com efeito, transcorridos quatorze anos e cinco meses, não havia tempo a perder, pois os dois viajantes dispunham de apenas cento e vinte e dois dias, como dissemos, para regressar à capital do pai da princesa Pirlipat.

"Christian-Elias Drosselmeier comunicou a seu amigo, o astrólogo, sua generosa resolução, e decidiram ambos partir.

"E de fato, ao alvorecer do dia seguinte, os dois viajantes puseram-se a caminho, rumando para Bagdá; de Bagdá, alcançaram Alexandria, em Alexandria embarcaram para Veneza, depois, de Veneza chegaram ao Tirol e, do Tirol, desceram até o reino do pai de Pirlipat, torcendo, no fundo do coração, para que o monarca estivesse morto ou, pelo menos, houvesse regredido à infância.

"Mas que má sorte! Não acontecera nada disso: ao chegar à capital, o infeliz mestre-inventor soube que o digno soberano não só não perdera nenhuma de suas faculdades mentais, como parecia melhor que nunca. Logo, não havia nenhuma chance para ele de escapar ao pavoroso destino que o ameaçava – a menos que a princesa Pirlipat se curasse sozinha de sua fealdade, o que não era possível, ou que o coração do rei cedesse, o que não era provável.

"Nem por isso deixou de apresentar-se intrepidamente à porta do palácio, amparando-se na ideia de que realizava uma ação heroica, e pedir para falar com o rei.

"O rei, que era um governante muito acessível e recebia todos os que tinham assuntos com ele, ordenou a seu grão-arauto que trouxesse os dois estranhos.

"O grão-arauto alertou então Sua Majestade de que os dois estranhos tinham péssima aparência e estavam em andrajos. O rei respondeu que quem vê cara não vê coração e que o hábito não faz o monge.

"Diante do que o grão-arauto, reconhecendo a pertinência dos dois provérbios, inclinou-se respeitosamente e foi buscar o mestre-inventor e o astrólogo.

"O rei continuava o mesmo, e eles perceberam imediatamente. Eles, por sua vez, estavam tão mudados, sobretudo o pobre Christian-Elias Drosselmeier, que foram obrigados a declarar seus nomes.

"Ao ver os dois viajantes retornando por livre e espontânea vontade, o rei sentiu um prelúdio de alegria, pois estava convencido de que não voltariam se não tivessem encontrado a noz Krakatuk. Contudo, logo se desiludiu, e o mestre-inventor, atirando-se a seus pés, confessou-lhe que, apesar das buscas mais conscienciosas e assíduas, voltavam de mãos vazias.

"O rei, como dissemos, embora dono de um temperamento um tanto colérico, possuía um excelente caráter. Tocado por aquela pontualidade de Christian-Elias Drosselmeier e seu zelo em manter a palavra, comutou em prisão perpétua a pena de morte que decretara contra ele. Quanto ao astrólogo, contentou-se em exilá-lo.

"Porém, como ainda faltavam três dias para expirar o prazo de quatorze anos e nove meses determinado pelo rei, mestre Drosselmeier, que cultivava o amor à sua terra no mais fundo do seu coração, pediu permissão ao monarca para aproveitar esses três dias e rever Nuremberg mais uma vez.

"Esse pedido pareceu muito justo ao rei, que o atendeu sem impor qualquer restrição.

"Mestre Drosselmeier, que só tinha três dias, resolveu aproveitar o tempo e, tendo por sorte encontrado um lugar no coche postal, partiu imediatamente.

"Ora, o astrólogo fora exilado e, sendo-lhe indiferente ir para Nuremberg ou outro canto qualquer, ele partiu com o mestre-inventor.

"No dia seguinte, lá pelas dez da manhã, estavam em Nuremberg. Como não restava a mestre Drosselmeier outro parente a não ser Christophe-Zacharias Drosselmeier, seu irmão, que era um dos mais ilustres comerciantes de brinquedos de lá, foi na casa dele que se hospedou.

"Foi grande a alegria de Christophe-Zacharias Drosselmeier ao rever o pobre Christian, a quem julgava morto. A princípio, devido à fronte calva e ao tapa-olho, não o reconhecera. O mestre-inventor, contudo, apontou para o seu famigerado redingote amarelo, que por mais rasgado que estivesse ainda conservava, em certos lugares, vestígios de sua cor primitiva, e, respaldado por essa primeira prova, citou-lhe tantas circunstâncias secretas, que só ele e Zacharias podiam conhecer, que o mercador de brinquedos não teve outra saída a não ser render-se à evidência.

"Perguntou-lhe então o que o levara a afastar-se por tanto tempo de sua cidade natal e em que país deixara seu cabelo, seu olho e os pedaços que faltavam em seu redingote.

"Christian-Elias Drosselmeier não tinha nenhum motivo para fazer segredo do que lhe acontecera. Começou por lhe apresentar seu companheiro de infortúnio. Em seguida, concluída aquela formalidade de praxe, contou todas as suas desgraças, de A a Z, terminando por dizer que não tinha senão poucas horas para passar com o irmão, visto que, não tendo encontrado a noz Krakatuk, entraria no dia seguinte numa prisão eterna.

"Durante todo o relato do irmão, Christophe-Zacharias Drosselmeier tinha mais de uma vez sacudido os dedos, girado sobre um pé e estalado a língua. Em qualquer outra circunstância, sem dúvida o mestre-inventor teria perguntado o que significavam aqueles sinais, mas estava tão preocupado que não viu nada e foi só quando o irmão fez duas vezes "hum! hum!" e três vezes "oh! oh! oh!" que ele lhe perguntou o porquê daquelas exclamações.

"– Significam – disse Zacharias – que seria diabólico... Mas não... Mas sim...

"– O que seria diabólico...? – repetiu o mestre-inventor.

"– Sim...

"– Sim... o quê? – perguntou novamente mestre Drosselmeier.

"Porém, em vez de responder, Christophe-Zacharias, que, sem dúvida, durante todas aquelas perguntas e respostas entrecortadas, estava puxando pela memória, jogou sua peruca para o alto e pôs-se a dançar e a gritar:

"— Mano, você está salvo! Mano, você não irá para a prisão! Mano, ou muito me engano ou sou eu que detenho a noz Krakatuk.

"E imediatamente, sem dar qualquer outra explicação ao estarrecido irmão, Christophe-Zacharias arrojou-se para fora do aposento e, voltando um instante depois, trouxe uma caixa na qual se encontrava uma bojuda noz dourada, que ele mostrou ao mestre-inventor.

"Este, que não ousava crer em tanta felicidade, pegou hesitante a noz, virou-a e revirou-a de todas as maneiras, examinando-a com a atenção que a coisa merecia, e, após tal exame, declarou que se alinhava à opinião do irmão e que muito o surpreenderia se aquela não fosse a noz Krakatuk. Dito isso, passou-a ao astrólogo e solicitou sua opinião.

"Ele examinou a noz com a mesma atenção de mestre Drosselmeier e, balançando a cabeça, respondeu:

"— Eu seria de sua opinião, e por conseguinte da opinião de seu irmão, se a noz não fosse dourada, mas também não vi em nenhum lugar nos astros que o fruto que procuramos não devesse ser revestido com esse ornamento. Por sinal, como seu irmão veio a possuir a noz Krakatuk?

"— Vou lhes explicar a coisa – disse Christophe. – Como ela veio parar nas minhas mãos e como foi que ganhou a cor dourada que os impede de reconhecê-la, a qual, efetivamente, não é natural.

"Então, fazendo com que ambos sentassem, pois pensava, com toda a razão, que, após uma jornada de quatorze anos e nove meses, os viajantes deviam estar cansados, começou nestes termos:

"— No mesmo dia em que o rei mandou chamá-lo, a pretexto de lhe outorgar a comenda, um forasteiro chegou a Nuremberg, trazendo um saco de nozes que tinha para vender. Entretanto, os mercadores de nozes da região, que tencionavam conservar o monopólio do produto, partiram para cima dele, e justamente defronte da porta da minha loja. O forasteiro então, para defender-se mais comodamente, colocou seu saco de nozes no chão, e a batalha seguia seu ritmo, para grande satisfação da gurizada e dos compradores, quando um coche superlotado passou exatamente sobre o saco de nozes. Diante daquele acidente, atribuído à justiça dos céus, os mercadores entreolharam-se e, sentindo-se suficientemente vingados, deixaram o forasteiro em paz. Este recolheu seu saco e, de fato, todas as nozes estavam trituradas, à exceção de uma única, que ele me apresentou, sorrindo de maneira singular e me incentivando a comprá-

la por um zwanziger novo de 1720, afirmando que chegaria o dia em que eu não me arrependeria daquela transação, por mais exorbitante que me afigurasse no momento. Vasculhei no bolso e muito me espantou encontrar ali justamente uma moeda tal qual a que me pedia o homem. Isso me pareceu uma coincidência tão invulgar que lhe dei meu zwanziger; ele, por sua vez, passou-me a noz e desapareceu. Mas vejam, coloquei-a à venda e, embora pedisse por ela simplesmente o que me custara, mais dois kreutzers, ela ficou exposta durante sete ou oito anos sem que ninguém manifestasse a vontade de adquiri-la. Foi quando mandei dourá-la para aumentar seu valor. E desperdicei outros dois zwanzigers, pois a noz permaneceu até hoje sem comprador.

"Nesse instante, o astrônomo, em cujas mãos a noz se encontrava, deu um grito de alegria. Enquanto mestre

Drosselmeier escutava o relato do irmão, ele, com a ajuda de um canivete, raspara delicadamente o verniz dourado da noz e, num cantinho da casca, encontrara gravada em caracteres chineses a palavra KRAKATUK.

"A partir desse momento, ninguém mais teve dúvidas, e a identidade da noz foi reconhecida."

COMO, APÓS TEREM LOCALIZADO A NOZ KRAKATUK,
O MESTRE-INVENTOR E O ASTRÓLOGO ENCONTRARAM
O RAPAZ QUE DEVERIA QUEBRÁ-LA

— Christian-Elias Drosselmeier estava tão ansioso para anunciar aquela boa notícia ao rei que quis embarcar de volta no coche postal na mesma hora, mas Christian-Zacharias suplicou que esperasse ao menos até que seu filho voltasse. Ora, o mestre-inventor atendeu com imensa satisfação a esse pedido, uma vez que não via o sobrinho fazia quinze anos. Puxando pela memória, lembrou que, na época em que deixara Nuremberg, era uma criança encantadora de três anos e meio que ele, Elias, amava de todo o coração.

"Nesse momento, um formoso rapaz de dezoito ou dezenove anos entrou na loja de Christophe-Zacharias e o cumprimentou, chamando-o de pai.

"Com efeito, após beijá-lo, Zacharias apresentou-o a Elias, dizendo ao rapaz:

"— Agora dê um abraço em seu tio.

"O moço hesitava, pois, com seu redingote esfarrapado, sua careca e

seu tapa-olho, o tio Drosselmeier nada tinha de muito sedutor. Porém, tendo percebido aquela hesitação e temendo que Elias ficasse magoado, o pai empurrou o filho por trás, de modo que, de um jeito ou de outro, o mancebo terminou nos braços do mestre-inventor.

"Enquanto isso, o astrólogo não desgrudava os olhos do rapaz, e com uma atenção tão insistente e singular que este aproveitou o primeiro pretexto para sair, incomodado de ser observado daquela forma.

"O astrólogo então perguntou alguns detalhes sobre o moço a Zacharias, que se apressou a responder com uma prolixidade de pai-coruja.

"O jovem Drosselmeier, com efeito, como seu aspecto indicava, tinha entre dezessete e dezoito anos. Desde a

mais tenra infância, era tão engraçadinho e bonzinho, que sua mãe se divertia vestindo-o com roupas iguais às dos brinquedos da loja: ora como estudante, ora como carteiro, ora como húngaro, mas sempre com uma fantasia que incluía botas, pois, como ele tinha os pés mais bonitos do mundo, porém canelas um pouco finas, as botas valorizavam a qualidade e escondiam o defeito.

"– Quer dizer – perguntou o astrólogo a Zacharias – que seu filho usou botas a vida inteira?

"Elias arregalou os olhos.

"– Meu filho sempre usou botas – prosseguiu o comerciante de brinquedos. – Quando ele completou dez anos, mandei-o para a universidade de Tübingen, onde ele permaneceu até os dezoito anos, sem contrair nenhum dos maus hábitos dos outros colegas: sem beber, sem praguejar, sem duelar. A única fraqueza que eu percebia nele era o fato de deixar crescer quatro ou cinco fios de barba que tem no queixo, recusando que um barbeiro lhe tocasse o rosto.

"– Quer dizer – indagou o astrólogo – que ele nunca fez a barba?

"Elias arregalou ainda mais os olhos.

"– Nunca – respondeu Zacharias.

"– E durante as férias da universidade – continuou o astrólogo – como ele passava o tempo?

"– Ora – disse o pai –, ficava na loja com seu bonito uniforme de estudante e, por puro galanteio, quebrava as nozes para as moças que vinham comprar brinquedos na loja. Por causa disso, apelidaram-no de Quebra-Nozes.

"– Quebra-Nozes? – exclamou o mestre-inventor.

"– Quebra-Nozes? – repetiu o astrólogo por sua vez.

"Então os dois se entreolharam, enquanto Zacharias olhava para os dois.

"– Meu caro senhor – disse o astrólogo a Zacharias –, ocorre-me a ideia de que seu futuro está garantido.

"O comerciante de brinquedos, que não escutara esse prognóstico com indiferença, quis uma explicação, mas o astrólogo adiou-a para a manhã seguinte.

"Quando o mestre-inventor e o astrólogo voltaram ao quarto, o astrólogo atirou-se no pescoço do amigo, dizendo-lhe:

"– É ele! Pegamos!

"– Acredita nisso? – perguntou Elias, no tom de quem duvida e pede para ser convencido.

"– Como não? Claro que acredito! Ele reúne todos os requisitos, creio.

"– Recapitulemos.

"– Usou botas a vida inteira.

"– É verdade.

"– Nunca fez a barba.

"– Também é verdade.

"– Enfim, por galanteio, ou, vá lá, vocação, ficava na loja do pai quebrando nozes para as moças, que só o chamavam de Quebra-Nozes.

"– Também é verdade.

"– Caro amigo, sorte atrai sorte. Aliás, se ainda duvida, consultemos os astros.

"Subiram ao terraço da casa e, tendo feito o mapa astral do rapaz, constataram que estava destinado a uma grande fortuna.

"Tal vaticínio, que confirmava todas as esperanças do astrólogo, fez com que o mestre-inventor se rendesse à sua opinião.

"– Agora – declarou, triunfante, o astrólogo –, há duas coisas que não podemos esquecer.

"– Quais? – perguntou Elias.

"— A primeira é adaptar, na nuca de seu sobrinho, uma resistente trança de madeira que se encaixe no maxilar, a fim de duplicar sua força de alavanca.

"— Nada mais fácil — respondeu Elias —, isso é o abc da mecânica.

"— A segunda — continuou o astrólogo — é: chegando ao palácio, esconder a todo custo que estamos com o rapaz destinado a quebrar a noz Krakatuk, pois tenho na cabeça que, quanto mais dentes quebrados e maxilares desconjuntados o rei obtiver, buscando partir a noz Krakatuk, maior será a recompensa oferecida àquele que triunfar onde os outros fracassaram.

"— Querido amigo — curvou-se o mestre-inventor —, você é um homem de grande sensatez. Vamos nos deitar.

"A essas palavras, tendo deixado o terraço e descido novamente a seu quarto, os dois amigos se deitaram e, cobrindo as orelhas com suas toucas de algodão, dormiram mais serenamente do que haviam feito nos últimos quatorze anos e nove meses.

"Ao raiar do dia, os dois amigos foram até o quarto de Zacharias e comunicaram-lhe todos os belos planos que haviam urdido na véspera. Ora, como ambição era coisa que não faltava a Zacharias e como, em sua corujice, ele se gabava de o filho ser um dos maxilares mais fortes da Alemanha, aceitou com entusiasmo a maquinação que pretendia levar de sua loja não só a noz, como o quebra-nozes.

"Já o rapaz foi mais difícil de convencer. Aquela trança que deviam enxertar-lhe na nuca, no lugar da mochila que carregava com tanta graça, preocupava-o particularmente, mas o astrólogo, seu tio e seu pai fizeram-lhe tão belas promessas que ele se decidiu. Por conseguinte, como Elias Drosselmeier pusera imediatamente mãos à obra, a trança foi logo terminada e atarraxada solidamente na nuca do esperançoso rapaz. Esclareçamos desde logo, para satisfazer a curiosidade de nossos leitores, que o engenhoso dispositivo deu supercerto e, desde o primeiro dia, nosso talentoso mestre-inventor obteve os resultados mais brilhantes com duríssimos caroços de abricó e obstinadas sementes de pêssego.

"Realizados esses experimentos, o astrólogo, o mestre-inventor e o jovem Drosselmeier puseram-se a caminho do palácio. Zacharias bem que desejava acompanhá-los, mas, como era preciso alguém para tomar conta da loja, esse excelente pai se sacrificou e permaneceu em Nuremberg."

Fim da história da princesa Pirlipat

— A primeira coisa que o mestre-inventor e o astrólogo fizeram ao chegarem à Corte foi deixar o jovem Drosselmeier num albergue e dirigir-se ao palácio para anunciar que, após procurarem em vão nas quatro partes do mundo, haviam finalmente encontrado a noz Krakatuk em Nuremberg. Sobre aquele que deveria quebrá-la, contudo, não disseram uma palavra.

"Foi grande a alegria no palácio. O rei convocou sem demora o conselheiro especial, vigilante da opinião pública, o qual mandava e desmandava em todos os jornais, e ordenou-lhe que redigisse, para o *Monitor Real*, uma nota oficial que os redatores das outras gazetas seriam obrigados a reproduzir e que, em substância, intimava todos os que se julgassem donos de dentes suficientemente fortes para quebrar a noz Krakatuk a se apresentarem imediatamente no palácio. Quem vencesse a prova receberia uma régia recompensa.

"Somente tais circunstâncias permitem sopesar tudo que um reino contém em maxilares. A concorrência era tão numerosa que foi necessário estabelecer um júri, presidido pelo dentista da Coroa, o qual examinava os concorrentes para verificar se tinham efetivamente trinta e dois dentes e se nenhum deles estava cariado.

"Três mil e quinhentos candidatos foram admitidos nessa primeira rodada, que durou uma semana e resultou simplesmente num número indefinido de dentes quebrados e maxilares tortos.

"Fez-se necessária uma segunda convocação. As gazetas nacionais e estrangeiras publicaram uma enxurrada de anúncios. O rei oferecia o posto de presidente perpétuo da Academia e a ordem da Aranha de Ouro ao eminente maxilar capaz de quebrar a noz Krakatuk. Não era necessário ser alfabetizado para concorrer.

"A segunda rodada atraiu cinco mil concorrentes. Todos os cientistas da Europa enviaram seus representantes ao importante congresso. Viam-se ali diversos membros da

Academia Francesa e, entre outros, seu secretário perpétuo, o qual não pôde concorrer por ser banguela, tendo perdido os dentes ao usá-los para tentar rasgar as telas dos colegas.

"Desafortunadamente, essa segunda rodada, que durou quinze dias, foi ainda mais desastrosa que a primeira. Os delegados das sociedades científicas, entre outros, obstinaram-se, pela honra da corporação a que pertenciam, em querer quebrar a noz, mas para ela perderam seus melhores dentes.

"Quanto à noz, sua casca não exibia sequer sinal das tentativas de destruí-la.

"Desesperado, o rei resolveu dar uma grande tacada. Como não tinha descendente homem, mandou publicar, com uma terceira inserção nas gazetas nacionais e estrangeiras, que daria a mão da princesa Pirlipat e a sucessão ao trono àquele que quebrasse a noz Krakatuk. Dessa vez, a condição obrigatória era que os concorrentes tivessem entre dezesseis e vinte e quatro anos.

"A promessa daquela recompensa sacudiu toda a Alemanha. Vieram candidatos de todos os cantos da Europa, e teriam vindo inclusive da Ásia, da África, da América e daquela quinta parte do mundo que Elias Drosselmeier e seu amigo astrólogo haviam descoberto, se houvesse tempo, pois os leitores de tais regiões decerto ponderaram que, no instante em que liam o mencionado anúncio, a prova estava em vias de se realizar ou, até mesmo, já o fora.

"O mestre-inventor e o astrólogo julgaram então ser o momento propício de apresentar o jovem Drosselmeier, pois era impossível o rei oferecer um prêmio mais alto ou recompensa mais régia. Confiantes no sucesso, embora uma multidão de príncipes com maxilares reais ou imperiais houvesse se candidatado, mesmo assim eles só se apresentaram no guichê das inscrições quando este estava prestes a

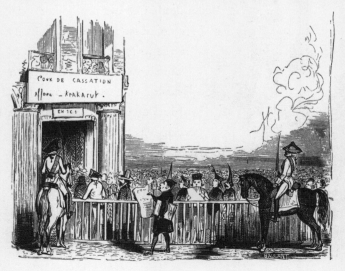

fechar, de maneira que o nome de Nathaniel Drosselmeier terminou registrado como o 11.375º e último da lista.

"O resultado se repetiu: os 11.374 concorrentes de Nathaniel Drosselmeier foram desclassificados e, no décimo nono dia de prova, às onze horas e trinta e cinco minutos da manhã, quando a princesa completava quinze anos, o nome de Nathaniel Drosselmeier foi chamado.

"O rapaz apresentou-se acompanhado de seus padrinhos, isto é, do mestre-inventor e do astrólogo.

"Era a primeira vez que esses dois ilustres personagens reviam a princesa desde que haviam deixado seu berço e, nesse intervalo, ela havia mudado muito. Cumpre dizer, com nossa franqueza de historiador, que tudo mudara para pior: quando a deixaram, ela era apenas horrível; desde então tornara-se um monstrengo.

"Com efeito, seu corpo se desenvolvera, mas sem ganhar nenhuma consistência. Assim, não se podia compreender como aquelas pernas finas, aqueles quadris sem força, aquele torso encarquilhado eram capazes de sustentar a monstruosa cabeça que escoravam. Essa cabeça compunha-se do mesmo cabelo eriçado, dos mesmos olhos verdes, da mesma bocarra, do mesmo queixo lanoso que dissemos; só que tudo com quinze anos a mais.

"Percebendo aquele poço de feiura, o pobre Nathaniel ficou arrepiado e perguntou ao mestre-inventor e ao astrólogo se tinham mesmo certeza de que a semente da noz Krakatuk devolveria a beleza à princesa, visto que, se ela continuasse no estado atual, ele até se arriscaria na prova, pela glória de triunfar onde tantos outros haviam fracassado, mas deixando a honra do casamento e o lucro da sucessão ao trono a quem bem se dispusesse a aceitá-los. Desnecessário dizer que o mestre-inventor e o astrólogo reconfortaram seu afilhado, afirmando que, uma vez quebrada a noz e ingerida a semente, Pirlipat voltaria instantaneamente a ser a princesa mais linda da terra.

"Contudo, se a visão da princesa Pirlipat congelara de pavor o coração do pobre Nathaniel, convém dizer, em desagravo a esse pobre moço, que a presença dele produzira um efeito diametralmente oposto no coração sensível da herdeira da Coroa, que, ao vê-lo, não conseguira reprimir a exclamação:

"— Oh, como eu gostaria que fosse ele a quebrar a noz!

"Ao que a superintendente da educação da princesa respondeu:

"— Julgo dever observar a Vossa Alteza que é contra a etiqueta uma jovem bonita princesa como vós declarar em alto e bom som vossa opinião nesse gênero de assuntos.

"Com efeito, Nathaniel era talhado para virar a cabeça de todas as princesas da terra. Usava um pequeno dólmã de veludo roxo com alamares e botões de ouro, que seu tio mandara fazer para essa ocasião solene, culotes combinando, e primorosas botinas, tão bem-engraxadas e justas que pareciam pintadas. Só o malfadado rabo de madeira atarraxado em sua nuca é que estragava um pouco o conjunto, mas com algumas gambiarras o tio Drosselmeier dera-lhe a forma de um casaquinho, e a coisa, a rigor, podia passar por um capricho de toalete ou alguma nova moda que, aproveitando-se da circunstância, o alfaiate de Nathaniel buscava insidiosamente introduzir na Corte.

"Assim, ao ver entrar o encantador rapazinho, o que a princesa tivera a imprudência de dizer em alto e bom som, cada um dos presentes disse baixinho, e não houve uma só pessoa, nem mesmo o rei ou a rainha, que não desejasse ardentemente que Nathaniel saísse vencedor da aventura em que se metera.

"De sua parte, o jovem Drosselmeier aproximou-se com uma confiança que redobrou a esperança que depositavam nele. Ao chegar diante do estrado real, saudou o rei e a rainha, depois a princesa Pirlipat, depois os presentes, recebendo, em seguida, a noz Krakatuk das mãos do grão-mestre de cerimônias. Pegou-a delicadamente entre o indicador e o polegar, como faz um mágico com uma bolinha, introduziu-a na boca, deu um soco violento na trança de madeira e, CRIC! CRAC!, quebrou a casca em pedaços.

"Em seguida, com destreza e agilidade limpou a semente dos filamentos nela agarrados e apresentou-a à princesa, com uma mesura tão elegante quanto respeitosa. Fechou então os olhos e começou a andar de marcha a ré. Imediatamente a princesa engoliu a semente e, no mesmo instante, oh milagre!, o monstro disforme desapareceu e foi substituído por uma adolescente de beleza angelical. Seu rosto parecia tecido por flocos de seda cor-de-rosa como as rosas e brancos como os lírios; seus olhos eram de um anil cintilante e seus cachos abundantes formados por fios de ouro caíam-lhe sobre os ombros de alabastro. Nesse exato momento, trombetas e címbalos ressoaram altissonantes. Os gritos de alegria do povo responderam ao estrépito dos instrumentos. O rei, os ministros, os conselheiros e os juízes, como no dia do nascimento de Pirlipat, puseram-se a dançar num pé só, e foi necessário jogar água-de-colônia no rosto da rainha, que desmaiara de êxtase.

"Esse grande tumulto perturbou sobremaneira o jovem Nathaniel Drosselmeier, que, para concluir sua missão, lem-

bramos, ainda tinha que dar os sete passos para trás. Ele, todavia, se conteve (demonstrando um autocontrole que apontou para as mais altas esperanças com relação a seu futuro reinado), e esticava precisamente a perna para completar o sétimo passo, quando, não mais que de repente, a rainha dos camundongos cruzou o assoalho, guinchando horrivelmente, e foi se lançar entre suas pernas – de maneira que, no momento em que pousava o pé no chão, o futuro príncipe real esmigalhou-a com o salto de sua bota, desequilibrando-se de tal forma que por muito pouco não caiu.

"Ó fatalidade! No mesmo instante, o formoso mancebo tornou-se tão disforme quanto a princesa havia sido: suas pernas se afinaram, seu corpo encarquilhado mal conseguia sustentar uma enorme e hedionda cabeça, seus olhos ficaram verdes, estáticos e saltados; por fim, sua boca rasgou-se até as orelhas e a bonita e incipiente barba virou uma substância branca e mole, que mais tarde foi identificada como algodão.

"Mas, ao mesmo tempo que o produzia, a causa desse incidente fora castigada. Dona Camundonga contorcia-se no assoalho, esvaindo-se em sangue. Sua maldade, portanto, não ficara impune. Com efeito, o jovem Drosselmeier pisara nela com tanta força que o acidente fora fatal. Assim, estrebuchando, dona Camundonga gritava com todas as forças com sua voz agonizante:

"– Krakatuk! Krakatuk! Ô nozinha casca-grossa,
É a você que devo morte dão dolorosa.
Hi... hi... hi... hi...
Mas o futuro me garante desforras atrozes:
Meu filho se vingará de você, Quebra-Nozes!
Pi... pi... pi... pi...
Adeus, vida,
Precocemente subtraída!
Adeus, céu,
Taça de mel!
Adeus, mundo,
Jorro fecundo...
Ai, estou morrendo!
Hih! Pi pi! Cuic!!!

"O último suspiro de dona Camundonga podia não ser muito bem rimado, mas, convenhamos, eis aí um momento para se relevar um erro de versificação!

"Dado esse último suspiro, chamaram o grão-coveiro da Corte, o qual, pegando dona Camundonga pelo rabo, trasladou-a, comprometendo-se a reuni-la aos desafortunados restos de sua família, que, quinze anos e alguns meses antes, haviam sido enterrados numa vala comum.

"Como, em meio a tudo isso, ninguém a não ser o mestre-inventor e o astrólogo havia prestado atenção em Nathaniel Drosselmeier, a princesa, desconhecendo o acidente ocorrido, ordenou que o jovem herói fosse trazido até ela, pois, apesar da lição de moral da superintendente de educação, estava ansiosa para agradecer-lhe. Porém, tão logo percebeu o desafortunado Nathaniel, escondeu a cabeça entre as duas mãos e, esquecendo-se do serviço que ele lhe prestara, exclamou:

"— Fora, fora, horrível Quebra-Nozes! Fora! Fora! Fora!

"Imediatamente o grão-marechal do palácio pegou o pobre Nathaniel pelos ombros e o empurrou escada abaixo.

"O rei, transbordando de raiva por haverem ousado lhe propor um quebra-nozes para genro, culpou o astrólogo e o mestre-inventor e, em vez da renda de dez mil táleres e da luneta de honra que daria ao primeiro, em vez da espada de diamante, da grã-ordem real da Aranha

de Ouro e do redingote amarelo que daria ao segundo, exilou-os de seu reino, dando-lhes parcas vinte e quatro horas para transpor suas fronteiras.

"O jeito era obedecer. O mestre-inventor, o astrólogo e o jovem Drosselmeier, agora Quebra-Nozes, deixaram a capital e atravessaram a fronteira. Porém, ao anoitecer, os dois cientistas consultaram novamente as estrelas e, na conjunção dos astros, leram que, por mais horrível que fosse, seu afilhado nem assim deixaria de vir a ser príncipe e rei, se não preferisse continuar um simples cidadão, o que seria deixado à sua escolha. Isso aconteceria quando sua deformidade tivesse desaparecido, o que se daria depois que ele tivesse sido comandante em chefe num combate, no qual pereceria o príncipe de sete cabeças que, após a morte de seus sete primeiros filhos, dona Camundonga pusera no mundo, e que era o rei dos camundongos. Em suma, quando, a despeito de sua fealdade, Quebra-Nozes viesse a ser amado por uma bela dama.

"À espera desse destino iluminado, Nathaniel Drosselmeier, que saíra da loja paterna na qualidade de filho único, para lá retornou na condição de quebra-nozes.

"Seu pai não o reconheceu de jeito nenhum, é claro, e, quando perguntou ao irmão mestre-inventor e ao amigo astrólogo pelo paradeiro do filho bem-amado, os dois ilustres personagens responderam, com aquela desfaçatez que caracteriza os cientistas, que o rei e a rainha não quiseram separar-se do salvador da princesa e que o jovem Nathaniel permanecera na Corte, objeto de glória e honrarias.

"Quanto ao infeliz Quebra-Nozes, ciente da dificuldade de sua posição, não emitiu uma palavra, apostando numa metamorfose futura. Em todo caso, cumpre-nos revelar que, apesar de seu temperamento manso e de sua filosofia de vida, no fundo de sua bocarra ele reservava um de seus maiores dentes para o tio Drosselmeier, que, tendo-o procurado quando ele menos esperava e o seduzido com suas falsas promessas, fora a única e exclusiva causa de seu pavoroso infortúnio."

EIS, QUERIDAS CRIANÇAS, a história da noz Krakatuk e da princesa Pirlipat, tal como a contou o padrinho Drosselmeier à pequena Marie, e agora vocês sabem por que, quando nos referimos a uma coisa difícil, dizemos: "Que dureza!"

O TIO E O SOBRINHO

Se algum de meus jovens leitores ou alguma de minhas jovens leitoras já se cortou com vidro, o que deve ter acontecido a uns e outros em dias de desobediência, deve saber, por experiência, que é um corte particularmente desagradável na medida em que nunca fica bom. Marie foi então obrigada a passar uma semana inteira na cama, pois, mal tentava se levantar, sentia tonturas. Por fim, recuperou-se completamente e pôde saltitar pelo quarto como antes.

Seria injustiça com nossa heroína não compreendermos que sua primeira incursão tenha sido ao armário de vidro, que apresentava um aspecto dos mais encantadores: a vidraça quebrada fora substituída e, por trás das outras vidraças, polidas escrupulosamente pela srta. Trudchen, surgiam, novas, brilhantes e envernizadas, as árvores, as casas e as bonecas do Ano-Novo. Porém, em meio a todos os tesouros de seu reino infantil, antes de qualquer coisa, o que Marie percebeu foi seu Quebra-Nozes, que lhe sorria da segunda prateleira, e isso com dentes em tão bom estado quanto jamais os tivera. Enquanto, feliz da vida, contemplava o seu favorito, Marie sentiu seu coração se apertar com um pensamento que já se apresentara uma vez ao seu espírito. Cismou que tudo o que o padrinho Drosselmeier contara era não um conto de fadas, mas a verdadeira história das desavenças entre Quebra-Nozes e a finada rainha dos camundongos e seu filho príncipe reinante: de repente compreendia que Quebra-Nozes não podia ser senão o jovem Drosselmeier de Nuremberg, o simpático porém enfeitiçado sobrinho do padrinho, pois o engenhoso mestre-inventor da Corte do rei, pai de Pirlipat, não era outro que não o conselheiro de medicina Drosselmeier, disso ela nunca duvidara, desde o momento em que o vira aparecer na história com seu redingote amarelo. E tal convicção só fez se confirmar quando ouviu que ele perdera os cabelos, devido a uma insolação, e o olho, devido a uma flechada, o que exigira o artifício do pavoroso tapa-olho e a invenção da engenhosa peruca de vidro a que nos referimos lá no início desta história.

— Mas por que seu tio não o socorreu, pobre Quebra-Nozes? — ruminava Marie diante do armário envidraçado, observando seu protegido e pensando que o desenfeitiçamento do pobre bonequinho dependia do sucesso da batalha, assim como sua elevação à condição de rei do reino dos bonecos, no mais tão inclinados àquela dominação que, durante todo o combate, Marie lembrava, haviam obedecido a Quebra-Nozes como soldados a um general. E aquela indiferença do padrinho Drosselmeier fazia Marie sofrer tanto que ela tinha certeza de que aqueles bonecos, aos quais, em sua imaginação, ela imprimia movimento e vida, viviam e se mexiam de verdade.

Contudo, pelo menos à primeira vista, nada disso acontecia dentro do armário, onde reinavam o sossego e a imobilidade. Marie, de toda forma, em vez de abandonar sua convicção íntima, atribuía tudo aquilo ao feitiço da rainha dos camundongos e seu filho. Tinha tanta certeza do que sentia que logo continuou, fitando Quebra-Nozes, a lhe dizer bem alto o que começara a lhe dizer baixinho.

— Embora não esteja em condições de se mexer e impedido, pelo feitiço que o aprisiona, de me dizer qualquer palavra, sei muito bem, meu caro sr. Drosselmeier, que me compreende perfeitamente e conhece a fundo minhas boas intenções para consigo. Conte então com meu apoio, se precisar dele. Enquanto isso, fique tranquilo. Pedirei ao seu tio para ajudá-lo, e ele é tão direito que podemos esperar que, por menos que o ame, ele o socorra.

Apesar da eloquência desse discurso, Quebra-Nozes não se mexeu. Pareceu a Marie, contudo, que um suspiro perpassou o armário de vidro, cujos espelhos puseram-se a tilintar baixinho, de um modo tão milagrosamente delicado que Marie julgou que um sininho de prata dizia:

– Querida Marie, meu anjo da guarda, serei seu. Venha!

E, a essas palavras misteriosamente ecoadas, Marie sentiu um calafrio percorrer-lhe o corpo inteiro e um bem-estar singular invadi-la.

Enquanto isso, o crepúsculo descera. O prefeito entrou com o conselheiro de medicina Drosselmeier. Ao fim de um instante, a srta. Trudchen preparara o chá e toda a família acomodara-se ao redor da mesa, conversando alegremente. Quanto a Marie, procurara sua cadeirinha e sentara-se silenciosamente aos pés do padrinho Drosselmeier. Então, num momento de silêncio, ela ergueu seus grandes olhos azuis para o conselheiro de medicina e, encarando-o, interpelou-o:

– Agora sei, querido padrinho Drosselmeier, que o meu Quebra-Nozes é seu sobrinho, o jovem Drosselmeier de Nuremberg. Ele agora é príncipe e rei do reino dos bonecos, como tão bem profetizou o seu colega astrólogo. Mas você sabe muito bem que ele está em guerra aberta e encarniçada com o rei dos camundongos. Ora, querido padrinho Drosselmeier, por que não o socorreu quando estava montado no relógio de parede no lugar da coruja? E agora, por que o abandona?

E Marie contou mais uma vez, em meio às gargalhadas de seu pai, de sua mãe e da srta. Trudchen, toda a famigerada batalha à qual assistira. Somente Fritz e o padrinho Drosselmeier não piscaram.

— Mas onde essa menina vai arranjar todas essas tolices? — perguntou o padrinho.

— Ela tem a imaginação muito fértil — respondeu a mãe. — No fundo, são simples sonhos e visões provocadas pela febre.

— A prova disso — completou Fritz — é que ela afirma que meus hussardos vermelhos bateram em retirada. O que não poderia ser verdade, a menos que fossem abomináveis poltrões, eventualidade em que, valha-me, Deus!, eles não arriscariam nada e eu os açoitaria!

Contudo, enquanto sorria de um modo estranho, o padrinho Drosselmeier pegou a pequena Marie no colo e lhe sussurrou ainda mais baixo do que antes:

— Minha querida, você não sabe onde está se metendo ao defender os interesses de Quebra-Nozes com tanta veemência. Sofrerá muito se continuar a tomar o partido do pobre desgraçado. Pois o rei dos camundongos, que o considera assassino de sua mãe, o perseguirá por todos os meios possíveis. Mas, em todo caso, não sou eu, ouça bem, é você a única capaz de salvá-lo. Seja firme e leal e tudo correrá bem.

Nem Marie nem ninguém compreendeu nada do discurso do padrinho. Inclusive esse discurso pareceu tão estranho ao prefeito que, sem dizer palavra, ele tomou o braço do conselheiro de medicina e, após apalpar-lhe o pulso, sentenciou:

– Meu bom amigo – disse-lhe –, o senhor está com febre alta e aconselho-o a ir se deitar.

A CAPITAL

Durante a noite seguinte à cena que acabamos de contar, no momento em que a lua, brilhando em todo seu esplendor, esgueirava um raio luminoso por entre as cortinas malfechadas do quarto e, junto à sua mãe, dormia a pequena Marie, esta foi despertada por um ruído que parecia vir do canto do quarto, misturado a guinchos agudos e grunhidos prolongados.

— Ai de mim! — exclamou Marie, reconhecendo aqueles sons da fatídica noite da batalha. — Ai de mim! Os camundongos estão de volta! Mamãe, mamãe, mamãe!

Contudo, por mais que se esforçasse, sua voz morreu em sua boca. Tentou fugir, mas não conseguiu mexer nem braços nem pernas, permanecendo como que pregada na cama. Então, voltando seus olhos assustados para o canto do quarto onde ouvia o barulho, ela viu o rei dos camundongos cavando uma passagem através da parede e, conforme o orifício se alargava, enfiando primeiro uma de suas cabeças, depois duas, depois três, depois finalmente as sete cabeças, cada qual com sua coroa. Após dar diversas

voltas pelo quarto, como um vencedor a tomar posse de sua conquista, arrojou-se com um pulo até a mesa ao lado da cama da pequena Marie. Ao aterrissar, observou-a com seus olhos brilhantes como pedras preciosas, guinchando e rangendo dentes, enquanto dizia:

– Hic hic hic! Se não me der suas balas e marzipãs, garotinha, devorarei seu amigo Quebra-Nozes.

E, após fazer essa ameaça, escapuliu do quarto pelo mesmo buraco que fizera para entrar.

Marie ficou tão assustada com aquela terrível aparição que, no dia seguinte, acordou pálida e temerosa, e com toda a razão, pois, com medo das zombarias, não ousava contar o que lhe acontecera durante a noite. Por vinte vezes a história veio-lhe aos lábios, estando junto à sua mãe ou a Fritz, mas recuava sempre, convencida de que nem um nem outro acreditaria. Por outro lado, uma coisa estava clara para ela: precisava sacrificar suas balas e marzipãs para salvar Quebra-Nozes. Assim, naquela mesma noite, depositou tudo o que possuía na beirada do armário.

No dia seguinte, a esposa do prefeito disse:

— Não posso imaginar de onde vêm os camundongos que de repente invadiram nossa casa. Veja só, minha pobre Marie — ela continuou, levando a menina até a sala —, esses bichos malvados devoraram todos os doces.

A esposa do prefeito estava cometendo um erro: a palavra certa era "estragaram", pois aquele glutão do rei dos camundongos, não julgando os marzipãs de seu gosto, roera-os de tal forma que tiveram que ir para o lixo.

Como tampouco eram seus doces preferidos, Marie não se arrependeu tanto do sacrifício que lhe exigira o rei dos camundongos e, achando que ele se contentaria com aquela primeira contribuição que lhe impusera, ficou satisfeitíssima ao pensar que salvara Quebra-Nozes por um preço bem baixo.

Infelizmente, essa satisfação não durou muito. Na noite seguinte, ela acordou com grunhidos e guinchos junto ao ouvido.

Arre! Era novamente o rei dos camundongos, cujos olhos cintilavam mais horrivelmente do que na noite anterior e que, com a mesma voz entremeada por aqueles sons, ameaçou-a:

— Passe para cá seus bonecos de açúcar e biscoito, garotinha, ou devorarei seu amigo Quebra-Nozes.

E partiu aos pulinhos, desaparecendo em sua toca.

No dia seguinte, Marie, aflitíssima, foi direto até o armário de vidro e, ao chegar lá, dirigiu um olhar melancólico para seus bonecos de açúcar e biscoito. Nada mais natural que sua dor, pois nunca se viram bonequinhos mais apetitosos do que os que possuía a pequena Marie.

– Que pena! – falou, voltando-se para Quebra-Nozes. – O que eu não faria para salvá-lo, querido sr. Drosselmeier! Só que, o senhor há de convir, é muito duro o que estão exigindo de mim.

Contudo, a essas palavras, Quebra-Nozes fez uma cara tão lamentável que Marie, visualizando as mandíbulas do rei dos camundongos se abrirem para devorá-lo, resolveu fazer mais aquele sacrifício para salvar o infeliz rapaz. Na mesma noite, colocou então os bonecos de açúcar e biscoito na beirada do armário, como na véspera pusera as balas e marzipãs. E o fez beijando um por um, à guisa de adeus, seus pastores, pastoras e carneiros, escondendo atrás de toda a trupe um bebezinho bochechudo por quem tinha especial afeição.

– Ah! Assim já é demais! – a esposa do prefeito exclamou no

dia seguinte. – Horrendos camundongos devem ter estabelecido domicílio no armário de vidro, pois todos os bonecos da pobre Marie foram devorados.

A essa notícia, grossas lágrimas transbordaram dos olhos da menina, mas secaram quase instantaneamente, dando lugar a um sorriso doce, pois, intimamente, ela ruminava: "O que importam pastores, pastoras e carneiros, uma vez que Quebra-Nozes será salvo?!"

– Ora – disse Fritz, que assistira com um ar pensativo a toda aquela conversa –, lembre-se, mamãezinha, de que o padeiro tem um excelente conselheiro de legação cinza, que poderíamos recrutar e que poria um fim definitivo a tudo isso, comendo os camundongos um atrás do outro e, depois dos camundongos, a própria dona Camundonga e o rei dos camundongos.

– Sim – respondeu a esposa do prefeito –, mas seu conselheiro de legação, saltando pelas mesas e lareiras, vai quebrar todas as minhas xícaras e meus bibelôs.

– É o que você pensa! – replicou Fritz. – Não há perigo. O conselheiro de legação do padeiro é um indivíduo suficientemente esperto para não cometer esse tipo de trapalhadas, e eu adoraria saber andar sobre calhas e cumeeiras de telhados com a mesma destreza e segurança que ele.

– Nada de gatos na casa! Nada de gatos aqui! – exclamou a esposa do prefeito, que não os tolerava.

— Mas — ponderou o prefeito, atraído pelo barulho —, há alguma coisa de útil no que disse o sr. Fritz: seria, em vez de um gato, usar ratoeiras.

— Boa ideia! — exclamou Fritz. — E vem muito bem a calhar, uma vez que foi o padrinho Drosselmeier quem as inventou.

Todo mundo pôs-se a rir, e como, após as buscas realizadas na casa, foi constatado que nela não existia nenhuma engenhoca daquele tipo, mandaram buscar uma excelente ratoeira na casa do padrinho Drosselmeier, à qual foi agregado um pedaço de toucinho como isca e montaram no mesmo lugar em que os camundongos haviam feito estrago tão grande na noite anterior.

Marie deitou-se então, com a esperança de que, no dia seguinte, o rei dos camundongos terminaria preso dentro da caixa, aonde sua gulodice não poderia deixar de levá-lo. Contudo, por volta das onze da noite, como estava em seu primeiro sono, ela foi despertada por alguma coisa fria e peluda saltando sobre seus braços e rosto. No mesmo instante, aquele grunhido e aquele guincho que ela tão bem conhecia ecoaram em seus ouvidos. O medonho rei dos camundongos estava ali, no seu travesseiro, com os olhos lançando uma chama sangrenta e as sete goelas abertas, como se prestes a devorar a pobre Marie.

— Estou me lixando, estou me lixando — desafiava o rei dos camundongos —, não entrarei na casinha, seu toucinho não me atrai. Não serei capturado, estou me lixando. Mas terá de me dar seus livros ilustrados e seu vestidinho de seda. Caso contrário, preste atenção, devorarei seu Quebra-Nozes.

Compreende-se que, após tal exigência, Marie tenha despertado no dia seguinte com a alma angustiada e os olhos cheios de lágrimas. Assim, não foi nenhuma novidade para ela quando sua mãe lhe contou que a ratoeira tinha sido inútil e que o rei dos camundongos desconfiara de alguma armadilha. Então, quando a esposa do prefeito saiu para cuidar dos preparativos do almoço, Marie entrou na sala e, dirigindo-se aos soluços ao armário de vidro, disse:

— Ai de mim! Onde ele vai parar, meu bom e querido sr. Drosselmeier? Depois que eu entregar ao rei dos camundongos meus maravilhosos livros ilustrados para ele rasgar e o vestidinho de seda que o Menino Jesus me deu de presente de Natal para ele despedaçar, ele ainda não ficará satisfeito e a cada dia me pedirá outra coisa, de modo que, quando eu não tiver mais nada para lhe dar, talvez ele devore a mim em seu lugar. Ai de mim! Pobre criança que sou, o que devo fazer, meu bom e querido sr. Drosselmeier? O que devo fazer?

Enquanto assim chorava e se lastimava, Marie percebeu uma mancha de sangue no pescoço de Quebra-Nozes.

Desde o dia em que soubera que seu
protegido era filho do comerciante
de brinquedos e sobrinho do conselheiro de medicina, tinha pa-
rado de carregá-lo nos braços
e não o acariciara nem beijara
mais. Sua timidez diante dele
era tão grande que nem sequer

ousava tocá-lo com a ponta do dedo. Naquele momento,
porém, constatando que estava ferido e temendo que o
ferimento fosse grave, retirou-o cuidadosamente do armário e pôs-se a limpar a mancha de sangue com seu lenço.
Mas qual não foi seu espanto ao perceber de repente que
Quebra-Nozes começava a se mexer em sua mão! Assustada, recolocou-o de volta na prateleira. Então sua boca se
agitou da direita para a esquerda, o que a fez parecer maior
ainda, e, de tanto se exercitar, terminou por articular, com
grande dificuldade, as seguintes palavras:

— Ah! Caríssima srta. Silberhaus, excelente amiga,
quanto lhe devo e quantos agradecimentos tenho a lhe
fazer! Não sacrifique por mim seus livros ilustrados e seu
vestido de seda. Basta me arranjar uma espada, mas uma
boa espada, que me encarrego do resto.

Quebra-Nozes queria falar mais, porém suas palavras
tornaram-se ininteligíveis e a voz se extinguiu completa-

mente. Seus olhos, que por um momento expressaram a mais doce melancolia, ficaram imóveis e mortiços. Marie não sentiu medo algum; ao contrário, pulou de alegria, pois estava felicíssima de poder salvar Quebra-Nozes sem ter de sacrificar seus livros ilustrados e seu vestido de seda. Uma única coisa a preocupava: era saber onde encontraria aquela boa espada que o bonequinho pedia. Marie resolveu então se abrir com Fritz, que, tirando o convencimento, ela sabia que era um garoto legal. Levou-o então até o armário de vidro, contou-lhe tudo que acontecera com Quebra-Nozes e o rei dos camundongos e terminou por lhe expor o tipo de favor que esperava dele. A única coisa que impressionou Fritz nessa história foi saber que seus hussardos tinham mesmo fraquejado no clímax da batalha. Perguntou então a Marie se a acusação era de fato verdadeira e, como ele sabia que a menina era incapaz de mentir, diante de sua afirmativa voltou-se para seus hussardos e fez um discurso que pareceu inspirar-lhes grande constrangimento. Mas isso não foi tudo: para castigar todo o regimento na pessoa de seus chefes, rebaixou um por um todos os oficiais e proibiu expressamente os trombeteiros de executarem a "Marcha da guarda dos hussardos", durante um ano. Em seguida, voltando-se para Marie:

– Quanto a Quebra-Nozes – declarou –, que me parece um moço valente, creio poder ajudá-lo. Como ontem reformei, concedendo-lhe uma pensão, naturalmente, um velho major de couraceiros que cumprira seu tempo de serviço, presumo que ele não necessite mais de seu sabre, que era uma excelente lâmina.

Restava encontrar o major. Puseram-se à sua procura e o descobriram comendo a pensão que Fritz lhe concedera numa discreta tabernazinha, localizada no canto mais recuado da terceira prateleira do armário. Como pensara Fritz, não criou qualquer dificuldade para entregar o sabre, agora sem serventia, o qual no mesmo instante foi preso à cinta de Quebra-Nozes.

O pavor que Marie sentia não lhe permitiu pregar o olho à noite. Portanto, estava completamente desperta quando ouviu as doze pancadas do relógio do salão. Mal a última delas deixou de vibrar, rumores estranhos reverberaram para os lados do armário e ouviu-se um grande retinir de espadas, como se dois terríveis adversários tivessem chegado às vias de fato. De repente, um dos dois combatentes fez "Cuic!".

— O rei dos camundongos! — exclamou Marie, alegre e aterrada ao mesmo tempo.

A princípio nada se mexeu, mas logo bateram discretamente à porta e uma vozinha aguda emitiu estas palavras:

— Querida srta. Silberhaus, trago uma boa notícia, abra, eu lhe suplico.

Marie reconheceu a voz do jovem Drosselmeier. Enfiou depressa o seu vestidinho e abriu a porta prontamente. Ali estava Quebra-Nozes, empunhando seu sabre ensanguentado na mão direita e uma vela na esquerda. Assim que percebeu Marie, dobrou o joelho à sua frente e disse:

— Foi a senhorita, oh pequena dama, que me incutiu a coragem cavalheiresca que acabo de demonstrar e que deu ao meu braço forças para combater o insolente que ousou ameaçá-la. O miserável rei dos camundongos jaz ali, esvaído em sangue. Por favor, oh pequena dama, não desdenhe os troféus da vitória, oferecidos pela mão de um cavaleiro que lhe será devotado até a morte!

Dizendo isso, Quebra-Nozes retirou de seu braço esquerdo as sete coroas de ouro do rei dos camundongos, que estava usando como pulseiras, e ofereceu-as a Marie, que as aceitou com alegria.

Então Quebra-Nozes, encorajado por essa cordialidade, levantou-se e prosseguiu:

– Ah, minha querida srta. Silberhaus, agora que venci meu inimigo, quantas coisas admiráveis eu poderia lhe revelar, se tivesse a condescendência de me acompanhar num pequeno tour! Oh, faça isso, faça isso, minha cara senhorita, eu lhe suplico!

Ciente dos direitos que tinha à sua gratidão, e persuadida de que ele não alimentava nenhum mau desígnio contra sua pessoa, Marie não hesitou um instante em seguir Quebra-Nozes.

— Irei com o senhor, meu caro sr. Drosselmeier — aquiesceu. — Mas não pode ser muito longe, nem a viagem durar muito tempo, pois ainda não dormi o suficiente.

— Escolherei então — disse Quebra-Nozes — o trajeto mais curto, embora seja o mais difícil.

A essas palavras, pôs-se a caminho, e Marie foi atrás dele.

O REINO DOS BONECOS

Os dois não demoraram a chegar a um velho e imenso armário situado num corredor bem junto à porta e que servia de guarda-roupa. Quebra-Nozes deteve-se naquele ponto e, para seu grande espanto, Marie observou que os batentes do armário, em geral bem fechados, estavam escancarados, de maneira que ela via perfeitamente o sobretudo de viagem de seu pai, que era de pele de raposa e estava pendurado na frente de todas as outras roupas. Quebra-Nozes subiu com agilidade pelas costuras e, valendo-se das passamanarias, conseguiu alcançar o grande arminho que, preso por um grosso cordão, pendia sobre as costas do sobretudo. Dele Quebra-Nozes puxou uma encantadora escada de cedro, que ergueu de maneira que a base tocasse o chão e a extremidade superior se perdesse dentro da manga do sobretudo.

– Agora, cara senhorita – disse Quebra-Nozes –, tenha a bondade de me dar a mão e subir comigo.

Marie obedeceu e, assim que olhou pela manga, uma luz ofuscante brilhou à sua frente e ela se viu subitamente transportada para o meio de uma pradaria perfumada, que cintilava como se constelada de pedras preciosas.

— Oh, meu Deus! — exclamou, deslumbrada. — Afinal, onde estamos, caro sr. Drosselmeier?

— Estamos na planície do açúcar-cândi, senhorita; mas não vamos parar aqui, se não se importar, vamos passar direto por essa porta.

Só então, erguendo os olhos, Marie percebeu uma admirável porta pela qual se saía da pradaria. Parecia ser construída com mármore branco, mármore vermelho e mármore marrom, mas, quando se aproximou, Marie viu que a porta inteira era feita com geleias de flor-de-laranjeira, trufas e passas. Eis por que, explicou-lhe Quebra-Nozes, era conhecida como porta das Trufas.

Ela dava para uma ampla galeria, guarnecida com colunas de açúcar mascavo, e, sobre essa galeria, seis macacos trajando vermelho executavam uma música, se não das mais melodiosas, pelo menos das mais originais. Marie tinha tanta pressa em chegar que mal percebia que andava por uma calçada de pistaches e macarons, que ela tomava ingenuamente por mármore. Chegou finalmente ao fim da galeria e, tão logo saiu no ar livre, viu-se envolvida pelos perfumes mais deliciosos, que emanavam de um gracioso bosque que se abria à sua frente. Esse bosque, que seria escuro sem a miríade de luzes que continha, era iluminado de uma maneira tão resplandecente que era possível distinguir com perfeição as frutas douradas e prateadas penduradas nos galhos enfeitados com fitas e buquês como se fossem alegres noivos.

– Oh, meu caro sr. Drosselmeier – exclamou Marie –, onde estamos, por favor?

– Estamos na floresta de Natal, senhorita – disse Quebra-Nozes –, e é aqui que nascem as árvores nas quais o Menino Jesus pendura seus presentes.

– Oh! – fez Marie. – Eu não poderia então parar aqui um instante? É tão agradável e perfumado!

Imediatamente Quebra-Nozes bateu palmas e vários pastores e pastoras e caçadores e caçadoras saíram da floresta, tão delicados e brancos que pareciam de açúcar refinado. Traziam uma fabulosa poltrona de chocolate incrustada com flores de angélica, sobre a qual dispuseram uma almofada de jujuba, e, muito educadamente, convidaram Marie a sentar. Assim que ela se instalou, tal como acontece nas óperas, pastores e pastoras e caçadores e caçadoras ocuparam suas posições e começaram a dançar um balé encantador, acompanhado

por trompas, que os caçadores sopravam com tal força que seus rostos se coloriam como se as bochechas fossem feitas de doces de rosas. Em seguida, terminada a peça, desapareceram todos num arbusto.

– Perdoe-me, cara srta. Silberhaus – desculpou-se então Quebra-Nozes, estendendo a mão a Marie –, perdoe-me por ter lhe oferecido um balé tão mal-ajambrado, mas esses sacripantas só sabem repetir eternamente a mesma dança que já executaram cem vezes. Quanto aos caçadores, sopraram suas trompas como preguiçosos e lhe garanto que vão se haver comigo. Mas deixemos esses vigaristas e continuemos o passeio, se for de seu agrado.

– Pois fique sabendo que achei tudo magnífico – disse Marie, aceitando o convite de Quebra-Nozes –, e me parece, caro sr. Drosselmeier, que está sendo injusto com nossos singelos bailarinos.

Quebra-Nozes fez uma cara que significava: "Veremos, mas sua indulgência será levada em conta." Seguiram então adiante e chegaram às margens de um rio que parecia exalar todos os aromas que embalsamavam o ar.

– Isso é o rio das Laranjas – disse Quebra-Nozes, sem esperar que Marie o interrogasse. – É um dos menores do reino, pois, tirando sua deliciosa fragrância, não pode ser comparado ao rio Limonada, que deságua no mar do Meiodia, o qual chamamos de mar de Ponche, nem ao lago de Orchata, que deságua no mar do Norte, que chamamos de lago de Leite de Amêndoas.

Não longe dali ficava uma pequena aldeia, onde casas, igrejas, o presbitério, tudo, em suma, era marrom; só os telhados eram dourados e as paredes pareciam incrustadas com pequenos confeitos cor-de-rosa, azuis e brancos.

– Esta é a aldeia dos Marzipãs – disse Quebra-Nozes. – É um lugarejo aprazível, como vê, às margens do riacho do Mel. Os moradores são encantadores de se olhar. O único senão é que vivem de mau humor, pois todos têm dor de dentes. Mas, por favor, cara srta. Silberhaus – continuou Quebra-Nozes –, não paremos para visitar todas as aldeias e todas as cidadezinhas do reino. À capital, à capital!

Ele avançou, sempre segurando Marie pela mão, porém mais celeremente do que antes, de modo que a menina, ainda que ardendo de curiosidade, passou a acompanhar seu ritmo, ligeira como um pássaro. Por fim, ao cabo de um certo tempo, um perfume de rosas se espalhou no ar e tudo à volta deles ganhou um tom cor-de-rosa. Marie observou que eram a fragrância e o reflexo de um rio de essência de rosas, cujas marolas produziam uma sedutora melodia. Sobre as águas perfumadas, cisnes de prata, tendo colares de ouro no pescoço, deslizavam suavemente, entoando canções tão maviosas que aquela harmonia, que os deleitava, ao que parece fazia peixes de diamante saltarem ao seu redor.

– Ah – exclamou Marie –, este é o bonito rio que o padrinho Drosselmeier queria me dar de Natal, e eu sou a garotinha que acariciava os cisnes!

A VIAGEM

Quebra-Nozes bateu palmas mais uma vez, o rio de essência de rosas engrossou visivelmente e, de suas águas agitadas, saiu um carro de conchas puxado por golfinhos de ouro e adornado com pedrarias que cintilavam ao sol. Doze pequenos mouros, com barretes de escamas de dourado e roupas de penas de beija-flor, saltaram para a margem e delicadamente embarcaram primeiro Marie, depois Quebra-Nozes, e o carro começou a avançar pela água.

Convém admitir, era uma coisa deslumbrante (comparável à viagem de Cleópatra quando subiu o rio Cidno) ver Marie em seu carro de conchas, envolta em perfumes, rasgando ondas de essência de rosas, puxada por golfinhos de ouro que, erguendo a cabeça, lançavam no ar jatos brilhantes de cristal róseo que caíam em chuva prismática

de todas as cores do arco-íris. Por fim, para que a alegria penetrasse por todos os seus sentidos, uma doce harmonia ressoou e ouviram-se vozinhas argentinas cantando:

– Quem navega assim sobre o rio de essência de rosas? É a fada Mab ou a rainha Titânia? Respondam, peixinhos que cintilam sob as ondas qual raios líquidos; respondam, cisnes graciosos que deslizam na superfície das águas; respondam, pássaros de cores exuberantes que atravessam o ar como flores aladas.

Nesse ínterim, os doze mouros, que haviam pulado para a traseira do carro de conchas, balançavam ritmicamente seus pequenos guarda-sóis dotados de guizos, com os quais faziam sombra e protegiam Marie, enquanto ela, debruçada sobre as águas, sorria para o rostinho encantador que lhe sorria em cada ondinha que passava à sua frente.

Foi assim que atravessou o rio de essência de rosas e se aproximou da margem oposta. Quando estava a apenas uma remada de distância, os doze mouros saltaram, uns na água, outros na margem, e, formando uma corrente, carregaram Marie e Quebra-Nozes sobre um tapete de angélica salpicado de pastilhas de hortelã.

Faltava atravessar um pequeno bosque, quiçá ainda mais bonito que a floresta de Natal, pois cada árvore brilhava e cintilava com luz própria. Porém o que mais chamava atenção ali eram as frutas penduradas nos galhos, que tinham não só cor e transparência singulares, umas amarelas feito topázios, outras vermelhas feito rubis, como também um perfume exótico.

— Estamos no bosque das Geleias — disse Quebra-Nozes —, e do outro lado é a capital.

Com efeito, Marie afastou os últimos galhos e ficou estupefata ao perceber a extensão, a magnificência e a originalidade da cidade que se erguia à sua frente, sobre um gramado de flores. Muros e campanários estampavam cores alegres, as formas dos prédios eram únicas em toda a terra. Quanto às paredes e portas, eram inteiramente feitas de frutas cristalizadas que rebrilhavam suas próprias cores ao sol, tornadas ainda mais brilhantes pelo açúcar que as recobria! No portão principal, por onde entraram, soldados de prata lhes apresentaram armas e um homenzinho, envolto num robe de chambre de brocado de ouro, atirou-se no pescoço de Quebra-Nozes, dizendo:

— Oh, querido príncipe, o senhor, finalmente! Seja bem-vindo a Confeitoburgo.

Marie surpreendeu-se um pouco com o pomposo título que davam a Quebra-Nozes, mas logo se distraiu com um rumor produzido por tamanha quantidade de vozes falando ao mesmo tempo que ela perguntou a Quebra-Nozes se havia algum motim ou festa na capital do reino dos bonecos.

— Não há nada disso, cara srta. Silberhaus — respondeu Quebra-Nozes —, Confeitoburgo é uma cidade alegre e populosa, que provoca grande barulho na superfície da terra. E é assim diariamente, como verá hoje. Basta avançar um pouquinho, é só o que lhe peço.

Marie, impelida pela própria curiosidade e pelo convite tão amável de Quebra-Nozes, apertou o passo e logo se viu na magnificente praça do grande mercado. Todas as casas dos arredores eram feitas de bolos confeitados, com galerias sobre galerias. No meio da praça, erguia-se, em forma de obelisco, um gigantesco brioche, de cujo centro esguichavam quatro fontes de limonada, laranjada, leite de amêndoas e xarope de groselha. Quanto aos tanques, estavam repletos de um creme bem batido e apetitoso que muitas pessoas elegantes, e que pareciam da maior distinção, serviam-se de colheres para degustá-lo publicamente. Entretanto, o que havia de mais agradável e também recreativo eram as encantadoras criaturinhas que se comunicavam e passavam aos milhares, de braços dados, rindo, cantando e conversando animadamente, o que gerava aquele pequeno bulício que Marie ouvira. Pois, além dos habitantes da capital, havia ali indivíduos de todos os países: armênios, judeus, gregos, tiroleses, oficiais, soldados, pregadores, capuchinhos, pastores e polichinelos; em suma, o mesmo tipo de gente, de malabaristas e de acrobatas que encontramos mundo afora.

Dali a pouco, na entrada de uma rua que dava para a praça, o tumulto aumentou e o povo se afastou para dar passagem a um cortejo. Era o grão-mogol que surgia carregado numa liteira, acompanhado de noventa e três dignitários de seu reino e setecentos escravos. Nesse exato momento, contudo, calhou de, pela rua paralela, chegar o grão-sultão, o qual vinha a cavalo e escoltado por trezentos janízaros. Os dois soberanos sempre tinham sido um pouco rivais e, por conseguinte, inimigos, o que fazia com que os membros de seus séquitos raramente se encontrassem sem que isso resultasse em algum bate-boca. Foi coisa completamente diferente, é fácil compreender, quando os dois poderosos monarcas viram-se frente a frente. Primeiro, estourou uma confusão, da qual as pessoas do lugar tentaram safar-se, mas logo se ouviram gritos de fúria e desespero: um jardineiro em fuga havia ceifado, com o cabo de sua pá, a cabeça de um brâmane muito respeitado em sua casta, e o próprio grão-sultão derrubara com seu cavalo um polichinelo em pânico que passara por entre as pernas de seu quadrúpede. A refrega ia ganhando vulto, quando o homem de robe de chambre de brocado, que, na porta da cidade, saudara Quebra-Nozes com o título de príncipe, subiu de um fôlego só até o topo do brioche e, badalando três vezes um sino claro, estrondoso e argentino, gritou também três vezes:

— Confeiteiro! Confeiteiro! Confeiteiro!

O tumulto se desfez imediatamente. Os dois cortejos misturados se desmisturaram. O grão-sultão, que estava coberto de pó, foi espanado. Devolveram a cabeça ao brâmane, recomendando-lhe que não espirrasse durante três dias, por receio de que ela descolasse. Em seguida, restabelecida a calma, a alegre azáfama recomeçou e todos voltaram a beber limonada, laranjada e xarope de groselha na fonte, e a comer colheradas de creme dos tanques.

— Mas, meu caro sr. Drosselmeier — indagou Marie —, que tipo de influência tem sobre esse pequeno povo a palavra "confeiteiro" repetida três vezes: "Confeiteiro, confeiteiro, confeiteiro!"?

— Preciso lhe dizer, senhorita — respondeu Quebra-Nozes —, que o povo de Confeitoburgo acredita, por expe-

riência, na influência superior de um princípio denominado Confeiteiro, princípio que lhe proporciona, segundo seu capricho, e submetendo-o a um cozimento mais ou menos prolongado, a forma que bem lhe aprouver. Ora, como todos julgam sempre sua forma como a melhor, nunca há ninguém querendo mudar. Eis de onde vem a influência mágica da palavra "Confeiteiro" sobre os confeitoburguenses, e como essa palavra, pronunciada pelo burgomestre, é suficiente para pacificar qualquer tumulto, como acaba de ver. Todos, instantaneamente, esquecem as coisas terrestres, as vértebras quebradas e os galos na cabeça e, voltando a si mesmos, ruminam: "Meu Deus! Que coisa é o homem e do que é capaz!"

Enquanto conversavam assim, chegaram diante de um palácio que espargia uma luminosidade rosada e era enci-

mado por cem torrinhas elegantes e vaporosas. Os muros eram revestidos de buquês de violetas, narcisos, tulipas e jasmins, que realçavam com diversas cores o fundo róseo contra o qual ele se destacava. Mil estrelas douradas e prateadas salpicavam a grande cúpula do centro.

– Oh, meu Deus! – exclamou Marie. – Que construção tão linda é essa?

– É o palácio dos Marzipãs – respondeu Quebra-Nozes –, um dos monumentos mais notáveis da capital do reino dos bonecos.

Em todo caso, por mais extasiada que estivesse em sua admiração contemplativa, nem por isso Marie deixou de perceber que faltava o telhado numa das grandes torres e que bonequinhos de pão de mel, empoleirados num andaime de canela, estavam ocupados em reconstruí-la. Ela ia perguntar a Quebra-Nozes sobre aquele incidente, quando, adivinhando sua intenção, ele explicou:

— Ai de mim! Não faz muito tempo esse palácio viu-se ameaçado por danos severos, com risco mesmo de destruição completa. O gigante Comilão mordeu ligeiramente essa torre, e já tinha inclusive começado a roer a cúpula, quando os confeitoburguenses ofereceram-lhe como tributo um bairro da cidade chamado Nougat e uma grande porção da floresta Angélica, mediante o que ele consentiu afastar-se, sem fazer outros estragos a não ser os que a senhorita vê.

Nesse momento, ouviu-se uma música suave e envolvente.

As portas do palácio se abriram sozinhas e por elas saíram doze pequenos pajens, levando nas mãos feixes de ervas aromáticas acesos à guisa de archotes. Suas cabeças eram uma pérola; seis deles tinha o corpo feito de rubis, os outros seis de esmeraldas, e assim avançavam graciosamente sobre dois pezinhos de ouro artisticamente esculpidos no estilo maneirista de Benvenuto Celini.

Eram seguidos por quatro damas do tamanho, no máximo, da srta. Klärchen, a nova boneca de Marie, mas tão esplendidamente vestidas e enfeitadas que Marie logo reconheceu nelas as princesas reais de Confeitoburgo. Todas as quatro, percebendo Quebra-Nozes, atiraram-se no seu pescoço com a mais terna efusividade, exclamando ao mesmo tempo e numa só voz:

— Oh, meu príncipe! Meu excelente príncipe...! Oh, meu irmão! Meu excelente irmão!

Quebra-Nozes parecia comovidíssimo. Enxugando as incontáveis lágrimas que corriam de seus olhos e dando a mão a Marie, disse pateticamente, dirigindo-se às quatro princesas:

— Queridas irmãs, esta é a srta. Marie Silberhaus, que lhes apresento. Ela é filha do sr. prefeito Silberhaus, de Nuremberg, homem muito considerado na cidade onde reside. Foi ela quem salvou minha vida, pois se, no momento em que eu acabava de perder a batalha, ela não tivesse arremessado sua sandália no rei dos camundongos e, logo em seguida, feito a gentileza de me emprestar o sabre de um major reformado pelo seu irmão, eu agora estaria deitado no túmulo, ou, o que é pior ainda, teria sido devorado pelo rei dos camundongos. Ah! Cara srta. Silberhaus – exclamou Quebra-Nozes num entusiasmo agora incontrolável –, Pirlipat, a princesa Pirlipat, por mais filha de rei que fosse, não era digna de desatar os cadarços de seus lindos sapatinhos.

– Oh, não, não mesmo, em absoluto! – repetiram em coro as quatro princesas.

E, atirando-se no pescoço de Marie, exclamaram:

– Oh, nobre libertadora de nosso querido e bem-amado príncipe e irmão! Oh, excelente srta. Silberhaus!

E, com essas exclamações, que seus corações transbordantes de alegria não lhes permitiam desenvolver, as quatro princesas conduziram Marie e Quebra-Nozes ao interior do palácio e os obrigaram a sentar em encantadores sofazinhos de cedro e pau-brasil, ornamentados com flores de ouro, avisando que elas mesmas prepararíam o jantar. Em seguida, foram pegar uma profusão de pequenos recipientes e tigelas da mais fina porcelana japonesa, colheres, facas, garfos, panelas e outros utensílios de cozinha, todos de ouro e prata. Trouxeram as mais belas frutas e os mais belos doces que Marie já vira e começaram a saracotear de tal forma que Marie logo viu que as princesas de Confeitoburgo entendiam-se maravilhosamente enquanto cozinhavam. Ora, como Marie também era muito boa nesse tipo de coisa, gostaria de participar do que acontecia. Então, como se adivinhando o desejo íntimo de Marie, a mais bonita das quatro irmãs de Quebra-Nozes estendeu-lhe um pequeno almofariz de ouro e falou:

— Querida libertadora do meu irmão, triture para mim, por favor, esses torrões de açúcar.

Marie não se furtou ao convite e, enquanto habilmente triturava o açúcar, extraindo do almofariz uma melodia deliciosa, Quebra-Nozes pôs-se a contar em detalhe todas as suas aventuras. Estranhamente, contudo, enquanto ele discorria, parecia a Marie que pouco a pouco as palavras do jovem Drosselmeier, bem como o rangido do almofariz, chegavam confusamente a seus ouvidos. Viu-se então envolta numa espécie de vapor diáfano. Em seguida, o vapor transformou-se numa gaze prateada, que, adensando-se cada vez mais à sua volta, aos poucos lhe tirou a visão de Quebra-Nozes e das princesas suas irmãs. Então ressoaram estranhos cânticos, que lembravam os que ela ouvira no rio de essência de rosas, misturados ao murmúrio crescente das águas. Marie imaginou que, por baixo dela, corriam ondas que a erguiam conforme cresciam. Sentiu que subia alto, mais alto, muito mais alto, mais alto ainda e prrrrrrr! e paff! despencou de uma altura incomensurável.

Conclusão

Ninguém cai de tantos e tantos metros sem acordar. Quer dizer, Marie acordou e, ao acordar, viu-se em sua caminha. Era dia claro e sua mãe estava ao seu lado, dizendo-lhe:

– Como é possível ser tão preguiçosa assim? Vamos, acorde. Vista-se depressa, o café da manhã nos espera.

– Oh, mãezinha querida – exclamou Marie, arregalando os olhos espantados –, você não imagina aonde o jovem sr. Drosselmeier me levou ontem à noite e as coisas admiráveis que ele me mostrou!

Então contou tudo que eu mesmo acabei de contar e, quando terminou, sua mãe lhe disse:

– Isso foi um sonho comprido e muito lindo, querida Marie, mas, agora que acordou, deve esquecer tudo e ir tomar o seu café.

Marie, todavia, enquanto se vestia, insistiu que não era um sonho, que tinha realmente presenciado tudo aquilo. Sua mãe então foi até o armário, pegou o quebra-nozes, que, como de hábito, estava em sua terceira prateleira, levou-o até a menina e lhe perguntou:

— Como pode supor, cabecinha louca, que este boneco, feito de madeira e pano, possa ter vida, movimento e reflexão?

— Mas, mamãe — impacientou-se a pequena Marie —, sei perfeitamente que Quebra-Nozes é o jovem sr. Drosselmeier, sobrinho do padrinho.

Então ela ouviu uma grande gargalhada atrás de si.

Eram o prefeito, Fritz e a srta. Trudchen, que se divertiam à sua custa.

— Ah! — exclamou Marie. — Não posso acreditar que também está zombando do meu Quebra-Nozes, querido pai! Mas saiba que ele falou respeitosamente de você quando entramos no palácio dos Marzipãs e ele me apresentou às princesas, suas irmãs.

As gargalhadas redobraram de tal forma que Marie compreendeu que precisava apresentar uma prova da verdade do que dissera, sob o risco de ser tratada como louca.

Foi então até o quarto ao lado e lá pegou a caixinha dentro da qual guardara cuidadosamente as sete coroas do rei dos camundongos. Ao voltar, declarou:

— Veja, mamãe, aqui estão as coroas do rei dos camundongos, que Quebra-Nozes me deu na última noite como símbolo de sua vitória.

Estarrecida, a esposa do prefeito pegou e examinou aquelas pequenas coroas que, forjadas num metal desconhecido e superbrilhante, eram cinzeladas com um requinte de que mãos humanas não teriam sido capazes. O próprio prefeito não conseguia parar de examiná-las, julgando-as tão preciosas que, por mais que Fritz insistisse, erguendo-se na ponta dos pés para vê-las e pedindo para tocá-las, não quis lhe confiar uma que fosse.

O prefeito e a esposa começaram a pressionar Marie para lhes dizer de onde vinham aquelas coroinhas, mas ela repetia o que dissera, e, quando seu pai, fora de si diante do que considerava uma teimosia de sua parte, chamou-a de mentirosa, ela se desfez em lágrimas e exclamou:

— Ai de mim! Pobre criança que sou, o que querem que eu lhes diga?

Nesse momento, a porta se abriu e o conselheiro de medicina apareceu, exclamando por sua vez:

— Mas afinal o que está havendo? O que fizeram à minha afilhada Marie para que ela chore e soluce assim? O que há? O que há afinal?

O prefeito informou o recém-chegado sobre o que acontecera e, terminado o relato, mostrou-lhe as coroas. Assim que as viu, contudo, o padrinho desatou a rir.

— Haha! A piada é boa! São as sete coroas que eu usava na corrente do meu relógio, há alguns anos, e dei à minha afilhada no dia de seu segundo aniversário. Não se lembra, caro prefeito?

No entanto, por mais que puxassem pela memória, o prefeito e a esposa não tinham nenhuma recordação desse fato. Porém, fiando-se no que dizia o padrinho, suas fisionomias recuperaram gradativamente sua expressão de bondade normal. O que fez com que Marie interpelasse o conselheiro de medicina, exclamando:

— Ora, você sabe tudo, padrinho Drosselmeier, confesse que Quebra-Nozes é seu sobrinho e que foi ele quem me deu as sete coroas!

Mas o padrinho Drosselmeier pareceu receber muito mal a coisa. Sua testa franziu e seu semblante se fechou de tal forma que o prefeito, chamando a pequena Marie e trazendo-a para perto, disse-lhe:

— Preste atenção, querida filha, pois é sério o que vou falar: faça-me o favor, de uma vez por todas, de esquecer essas invencionices, pois, se voltar a declarar que o seu medonho quebra-nozes é o sobrinho do nosso amigo conselheiro de medicina, esteja prevenida de que jogarei não só o sr. Quebra-Nozes como todas as outras bonecas, incluindo a srta. Claire, pela janela.

A pobre Marie então não ousou mais falar de todas as belas coisas que povoavam sua imaginação, mas meus jovens leitores, e sobretudo minhas jovens leitoras, compreenderão que, quando alguém viaja uma vez a um país tão sedutor quanto o reino dos bonecos e conhece uma cidade tão suculenta quanto Confeitoburgo, mesmo tendo-a visto apenas durante uma hora, não esquece com facilidade. Marie então tentou conversar com o irmão sobre toda aquela história. Mas perdera toda a confiança dele depois que ousara dizer que seus hussardos haviam batido em retirada, pois, convencido, pela afirmação paterna, de que Marie mentira, Fritz devolvera a seus oficiais as patentes que lhes havia confiscado e permitiu a seus tocadores de trombeta que tocassem novamente a "Marcha da guarda dos hussardos", reabilitação que não impediu Marie de ter opinião própria sobre a coragem deles.

Mesmo não ousando falar mais sobre suas aventuras, as recordações do reino dos bonecos visitavam-na o tempo todo, e, quando se detinha sobre essas lembranças, ela revia tudo, sentindo-se na floresta de Natal ou no rio de essência de rosas ou na cidade de Confeitoburgo. De maneira que, em vez de brincar como antes com seus brinquedos, ela sentava-se imóvel e calada, entregue às suas reflexões, e todos a chamavam de pequena sonhadora.

Mas, um dia, quando o conselheiro de medicina – tendo pousado sua peruca de vidro no assoalho, passado a língua no canto da boca e arregaçado as mangas do redingote amarelo – estava consertando alguma coisa que destrambelhara num relógio de parede, com a ajuda de um longo instrumento pontiagudo, aconteceu de Marie, sentada próximo ao armário de vidro observando Quebra-Nozes, mergulhar de tal forma em seus devaneios que, esquecendo de repente que não só o padrinho Drosselmeier como sua mãe estavam ali, deixou escapar, involuntariamente, uma exclamação:

– Ah, querido sr. Drosselmeier! Se o senhor não fosse um boneco de madeira, como sustenta meu pai, e existisse de verdade, eu não faria como a princesa Pirlipat e não o abandonaria porque, para me agradar, o senhor teria deixado de ser um mancebo encantador, pois eu o amo de verdade, ah...!

Contudo, mal acabava de dar esse suspiro, eclodiu no quarto um tumulto tão grande que Marie despencou da cadeira, desmaiada. Quando voltou a si, estava nos braços de sua mãe, que a repreendeu:

– Como é possível uma menina do seu tamanho, pergunto-me, ser tão desastrada e cair da cadeira e justo no momento em que o sobrinho do sr. Drosselmeier, que concluiu sua viagem de formação, acaba de chegar a Nuremberg...? Vamos, enxugue os olhos e seja boazinha.

Com efeito, Marie enxugou os olhos e, voltando-os para a porta, que se abria naquele instante, percebeu o conselheiro de medicina, com sua peruca de vidro na cabeça, chapéu debaixo do braço, redingote amarelo nas costas, sorrindo com um ar satisfeito e de mãos dadas com um adolescente baixinho, mas muito benfeitinho e bonitinho.

Esse adolescente usava um soberbo redingote de veludo vermelho bordado a ouro, meias de seda brancas e sapatos lustrados com o mais belo verniz. Exibia em seu peitilho um encantador buquê de flores e estava galantemente frisado e empoado, enquanto em suas costas pendia uma trança feita com a maior perfeição. Além disso, a pequena espada que trazia na cinta parecia ser toda de pedras preciosas e o chapéu sob o braço tecido na mais fina seda.

Os bons modos desse adolescente ficaram evidentes na mesma hora, pois assim que entrou ele depositou aos pés de Marie uma série de magníficos brinquedos e, principalmente, os mais belos marzipãs e os mais deliciosos

bombons que ela comeu na vida, à exceção dos que provara no reino dos bonecos. Quanto a Fritz, o sobrinho do conselheiro de medicina, como se adivinhando as inclinações guerreiras do filho do prefeito, deu-lhe um sabre fabricado no mais puro aço. Isso não foi tudo. Durante a refeição, quando chegou a hora da sobremesa, a amável criatura quebrou nozes para todos os presentes. As mais duras não lhe resistiam um segundo: com a mão direita, colocava-as entre os dentes; com a esquerda, puxava sua trança e, krac!, a casca se desfazia em pedaços.

Marie ficou vermelha feito um pimentão quando viu o bonito rapazinho, e ainda mais quando, terminado o jantar, ele a convidou para irem até o quarto do armário de vidro.

— Vão, vão, crianças, e divirtam-se — disse o padrinho. — Não preciso mais do salão, uma vez que todos os relógios do meu amigo prefeito estão passando bem.

Após entrarem no salão e ficarem a sós, o jovem Drosselmeier pôs um joelho no chão e dirigiu-se a Marie:

– Oh, sublime srta. Silberhaus! Aqui, aos seus pés, está o venturoso Drosselmeier, cuja vida a senhorita salvou exatamente neste local. Além disso, teve a bondade de afirmar que não teria me rejeitado como fez a horrenda princesa Pirlipat, se, para lhe servir, eu tivesse me tornado um monstro. Ora, como o feitiço que a rainha dos camundongos lançou sobre mim perderia toda a sua eficácia no dia em que, a despeito de minha feia figura, eu fosse amado por uma linda donzela, deixei na mesma hora de ser um estúpido quebra-nozes e recuperei minha forma original, que não é desagradável, como pode ver. Portanto, cara senhorita,  se continua com os mesmos sentimentos a meu respeito, conceda-me a graça de sua mão bem-amada, divida o Trono e a Coroa comigo e reinemos juntos no reino dos bonecos, pois, a essa altura, voltei a ser o rei.

Então Marie reergueu delicadamente o jovem mancebo e lhe disse:

– O senhor é um rei gentil e bondoso, cavalheiro, e, como além disso possui um reino encantador, adornado com magníficos palácios e povoado por alegres súditos, aceito-o, se meus pais concordarem, como meu noivo.

Nesse instante, como a porta do salão abrira-se discretamente, sem que os jovens prestassem atenção, de tal forma estavam ocupados com seus sentimentos, o prefeito, a esposa e o padrinho Drosselmeier avançaram, gritaram "Bravo!" com todas as suas forças, o que deixou Marie vermelha feito uma cereja, mas que não desconcertou em absoluto o rapazinho, o qual foi até o prefeito e a esposa e, com uma graciosa saudação, fez-lhes um belo elogio, enquanto pedia a mão de Marie, que lhe foi prontamente concedida.

No mesmo dia, Marie ficou noiva do jovem Drosselmeier, com a condição de que o casamento só viesse a se realizar dentro de um ano.

Ao fim desse tempo, o noivo veio buscar sua mulher num pequeno coche de madrepérola incrustado de ouro e prata, puxado por cavalos do tamanho de carneiros e que tinham um valor inestimável, visto não haver iguais no mundo, e levou-a para o palácio dos Marzipãs, onde foram unidos pelo capelão do castelo e onde vinte e dois mil bonequinhos, todos cobertos de pérolas, diamantes e gemas ofuscantes, dançaram em suas bodas. De modo que, ainda nos dias de hoje, Marie continua rainha do belo reino onde por toda parte veem-se resplandecentes florestas de Natal, rios de laranjada, leite de amêndoas e essência de rosas, palácios diáfanos de açúcar mais fino que a neve e mais transparente que o vidro; enfim, todo tipo de coisas magníficas e miraculosas, bastando ter olhos para enxergá-las.

E.T.A. Hoffmann

O Quebra-Nozes e o
Rei dos Camundongos

Sumário

A noite de Natal 211
Os presentes 218
O protegido 225
Coisas maravilhosas 233
A batalha 247
A doença 255
A história da noz de casca dura 262
Continuação da história da noz de casca dura 274
Conclusão da história da noz de casca dura 283
Tio e sobrinho 296
A vitória 301
O reino dos bonecos 312
A capital 319
Final 330

A NOITE DE NATAL

Durante todo o dia 24 de dezembro, os filhos do dr. Stahlbaum ficavam proibidos de pisar na sala central e, ainda mais, na luxuosa sala de estar, adjacente. Fritz e Marie estavam agachados juntos, num cantinho da saleta dos fundos. A noite estava caindo e eles estavam bastante apreensivos porque não lhes trouxeram, como acontecia todos os anos nesse dia, nenhuma lamparina. Fritz, sussurrando em segredo, revelou à irmã mais jovem (ela acabara de completar sete anos de idade) que, desde o raiar do dia, estivera ouvindo ruídos, estalos e leves batidas no interior das salas, que permaneciam fechadas. Sussurrou também, além disso, que pouco tempo antes um homenzinho misterioso, levando debaixo dos braços uma grande caixa, passara sorrateiramente pelo corredor, e que ele sabia muito bem que se tratava de ninguém menos do que o Padrinho Drosselmeier. Marie bateu então palmas de alegria e exclamou:

— Ah, que coisas bonitas o Padrinho Drosselmeier terá feito para nós desta vez?

O Desembargador Drosselmeier não era um homem nada bonito: baixinho e mirrado, tinha o rosto cheio de muitas rugas e, no lugar do olho direito, um tapa-olho negro. Além disso, ele era careca, motivo pelo qual usava uma bonita peruca branca que, no entanto, era feita de vidro. Tratava-se de uma verdadeira obra de arte! Aliás, o Padrinho era mesmo uma pessoa muito engenhosa, que entendia de relógios e era até capaz de construí-los. Por isso, sempre que algum dos bonitos relógios na casa da família Stahlbaum adoecia, ficando incapacitado de cantar, o Padrinho Drosselmeier vinha, tirava sua peruca de vidro, despia seu paletozinho amarelo, vestia um avental azul e então se punha a espetar as entranhas do relógio com instrumentos pontiagudos. Fazia-o de tal maneira que a pequena Marie chegava a sentir dores. Mas isso não causava nenhum dano ao relógio, que, ao contrário, se tornava outra vez vivo e começava a ronronar contentemente, a bater e a cantar, o que alegrava muito a todos. Sempre que vinha, o Padrinho trazia no bolso alguma bonita surpresa para

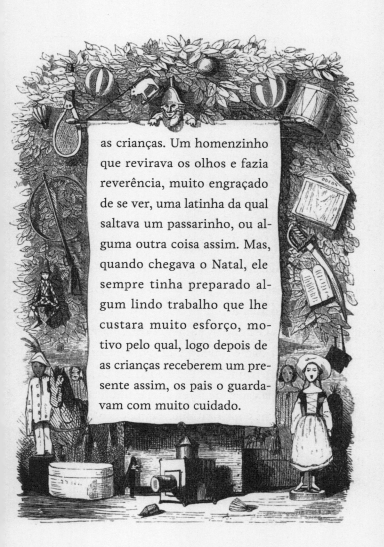

as crianças. Um homenzinho que revirava os olhos e fazia reverência, muito engraçado de se ver, uma latinha da qual saltava um passarinho, ou alguma outra coisa assim. Mas, quando chegava o Natal, ele sempre tinha preparado algum lindo trabalho que lhe custara muito esforço, motivo pelo qual, logo depois de as crianças receberem um presente assim, os pais o guardavam com muito cuidado.

— Ah, que coisas bonitas o Padrinho Drosselmeier terá feito para nós desta vez? — exclamou Marie então.

Fritz era da opinião de que só poderia ser um castelo em cujo interior houvesse belos soldados que marchavam de um lado para o outro fazendo seus exercícios, e então viriam outros soldados pretendendo invadir o castelo, mas os soldados que já estavam no interior do castelo disparariam tiros de canhão com grande coragem, produzindo rugidos e explosões.

— Não, não — atalhou Marie. — O Padrinho Drosselmeier me contou sobre um lindo jardim no qual há um grande lago, e nesse lago há esplêndidos cisnes com colares de ouro, que nadam para lá e para cá e cantam as mais lindas canções. E então uma menina vem do jardim, aproxima-se do lago, atrai os cisnes e os alimenta com marzipã doce.

— Mas cisnes não comem marzipã! — interrompeu-a Fritz com certa rispidez. — E o Padrinho Drosselmeier também não seria capaz de fazer um jardim inteiro assim. A verdade é que nós aproveitamos bem pouco os brinquedos dele, que logo nos são tirados, e por esse motivo eu prefiro os presentes do Papai e da Mamãe, que podemos guardar conosco, fazendo com eles o que bem entendemos.

E assim as crianças tentavam adivinhar qual seria o presente do Padrinho naquele ano. Marie achava que a srta.

Trutchen (sua boneca grande) tinha mudado muito nos últimos tempos porque, mais desajeitada do que nunca, caía agora a todo instante no chão, e não havia como evitar as horríveis marcas que apareciam em seu rosto, para não falar da sujeira nas roupas. E de nada adiantava repreendê-la. Além disso Mamãe tinha sorrido quando ela se alegrou tanto com a pequena sombrinha da Gretchen. Fritz, por sua vez, garantiu que um alazão vigoroso bem que estava fazendo falta em seu estábulo, e que suas tropas estavam muito mal equipadas em termos de cavalaria, o que o Papai não ignorava.

As crianças bem sabiam que seus pais tinham comprado lindos presentes de todos os tipos para elas, os quais agora estavam sendo colocados sob a árvore de Natal, assim como tinham certeza de que o querido Cristo Santo tudo iluminaria com seus olhos de criança, gentis e piedosos, e que cada presente de Natal, como se abençoado por uma mão generosa, proporcionava às crianças uma alegria

maravilhosa incomparável. Quem lembrou isso às crianças, que continuavam a sussurrar ininterruptamente falando dos presentes que esperavam receber, foi sua irmã mais velha Luise, acrescentando que também o Cristo Santo é quem sempre presenteia as crianças através dos seus pais, dando-lhes aquilo que pode lhes proporcionar alegria e diversão verdadeiras, do que ele sabe melhor do que as próprias crianças. Por isso, dizia Luise, as crianças não deveriam ficar desejando e esperando, e sim aguardar pacientemente pelo que estava destinado a elas. A pequena Marie ficou pensativa, mas Fritz murmurou:

— Eu bem que gostaria de ganhar um alazão e um hussardo!

Já tinha escurecido completamente. Fritz e Marie, um junto do outro, não ousavam dizer uma palavra. Eles se sentiam como se asas delicadíssimas estivessem esvoaçando à sua volta e como se pudessem ouvir uma música bem distante mas esplêndida. Um brilho claro passou de relance pela parede, e então as crianças compreenderam que o Menino Jesus partira, voando em meio a nuvens reluzentes, para ir alegrar outras crianças. Naquele instante, ouviu-se um som cristalino: kling-ling, kling-ling, e as portas se abriram. O brilho que vinha da sala de estar era tão intenso que as crianças estancaram, como se estivessem paralisadas, exclamando:

— Ah! Ah!

Mas então o Papai e a Mamãe se aproximaram da porta, tomaram as crianças pelas mãos e disseram:

— Venham! Venham, queridos! Venham ver os presentes que o Cristo Santo trouxe para vocês!

Os presentes

Dirijo-me a você mesmo, atento leitor ou ouvinte – Fritz, Theodor, Ernst, ou seja lá qual for seu nome –, e peço que se lembre de sua última mesa de Natal ricamente enfeitada e com lindos presentes coloridos, e então você será capaz de imaginar como as crianças ficaram paralisadas, mudas, os olhos brilhando, até que, passado um tempo, Marie exclamou, suspirando:

– Que lindo! Que lindo!

E Fritz saltou pelo ar algumas vezes. Certamente as crianças tinham se comportado muito bem e sido muito obedientes durante o ano inteiro, pois nunca tinham ganhado uma quantidade igual de lindos, esplêndidos presentes como dessa vez. A grande árvore de Natal, no centro, estava cheia de maçãs douradas e prateadas e, como se fossem brotos de folhas e flores, amêndoas confeitadas e bombons coloridos e todos os tipos de guloseimas brotavam de todos os galhos. Porém o mais bonito eram com certeza as cem luzinhas que brilhavam como estrelas nos seus ramos escuros, enquanto a própria árvore assim iluminada convidava as crianças a colherem suas flores e frutos. Em torno dela, tudo era colorido e reluzia esplendidamente. Que coisas maravilhosas havia ali! Quem seria capaz de descrevê-las? Marie viu as mais belas bonecas, toda espécie de lindos utensílios de cozinha em miniatura e o mais encantador de todos os presentes: um vestidinho de seda, delicadamente ornamentado com fitas coloridas, que estava pendurado num cabide bem diante dos seus olhos, de maneira que ela podia contemplá-lo de todos os lados. E ela assim fez, exclamando repetidas vezes:

– Que lindo! Que vestidinho maravilhoso! E tenho certeza de que vou poder usá-lo!

Enquanto isso, Fritz já dera três ou quatro voltas em torno da mesa, galopando e trotando, experimentando seu novo alazão, que ele de fato encontrara preso à mesa pelas rédeas. Apeando, ele disse que se tratava de um animal selvagem, mas que isso não tinha nenhuma importância, pois ele haveria de domá-lo. E olhou para o esquadrão de hussardos, que vestiam esplêndidos uniformes vermelhos e dourados, portavam armas prateadas e estavam montados em cavalos brancos tão radiantes que quase se poderia acreditar que também fossem feitos de prata. E agora as crianças, um pouco mais calmas, queriam olhar seus novos livros de figuras, que já estavam abertos, deixando-as contemplar lindas flores, pessoas com roupas coloridas e adoráveis crianças em suas brincadeiras, pintadas com tanta naturalidade que pareciam realmente estar falando e brincando. Justo no instante em que as crianças queriam começar a olhar esses livros maravilhosos, a campainha soou de novo. Elas sabiam que tinha chegado a hora de receber os presentes do Padrinho Drosselmeier e correram em direção a uma mesa que estava encostada na parede. Logo foi removido o biombo atrás do qual aquela mesa tinha ficado escondida por tanto tempo. E o que viram as crianças ali?

Sobre um gramado enfeitado com delicadas flores coloridas estava um esplêndido castelo, com muitas janelas de vidro espelhado e torres douradas. Sinos soaram, as portas e as janelas se abriram e, lá dentro, viam-se pequenos senhores e pequenas senhoras com chapéus enfeitados com penachos e longos vestidos de cauda, passeando pelos salões. No salão central, que parecia tomado pelo fogo, tal era o número de velas acesas nos castiçais de prata, crianças dançavam, tra-

jando paletozinhos e saias, acompanhando a música dos sinos. Um senhor de casaco verde-esmeralda olhava pela janela, acenava, e então voltava a desaparecer. E o próprio Padrinho Drosselmeier, só que pouco maior do que o polegar do Papai, aparecia às vezes à porta e voltava a entrar. Fritz, com os cotovelos apoiados na mesa, tinha olhado o lindo castelo, as figuras que dançavam e passeavam, e então disse:

– Padrinho Drosselmeier! Deixe-me entrar!

O Desembargador lhe explicou que isso era totalmente impossível. E ele tinha razão: era uma tolice de Fritz querer entrar num castelo que, mesmo considerando suas torres douradas, não tinha sequer a sua altura. E Fritz compreendeu. Passado um tempo, enquanto os senhores e as senhoras continuavam a passear, e as crianças a dançar, e o homem com o casaco verde-esmeralda a olhar pela janela, e o Padrinho Drosselmeier a aparecer na porta, Fritz exclamou, impaciente:

— Padrinho Drosselmeier, agora saia por aquela outra porta ali.

— Isso não é possível, querido Fritz! — respondeu o Desembargador.

— Então — continuou Fritz — faça com que o homem de verde, que fica o tempo todo olhando pela janela, vá passear junto com os outros!

— Isto também não pode ser — respondeu de novo o Desembargador.

— Então faça as crianças descerem! — exclamou Fritz. — Quero vê-las mais de perto!

— Ai, nada disso é possível! — disse o Desembargador, irritado. — Do jeito que o mecanismo foi feito, ele deve continuar!

— Ah! É? — perguntou Fritz, arrastando a voz. — Nada disso é possível? Ouça, Padrinho Drosselmeier, se esses seus bonequinhos enfeitados aí no interior do castelo só são capazes de repetir sempre e sempre as mesmas coisas, eles não prestam para nada e não me interessam muito. Não! Nesse caso, eu prefiro meus hussardos, que fazem ma-

nobras para a frente e para trás, da maneira que eu quiser, e não ficam trancados dentro de uma casa!

E, dizendo isso, saltou em direção à mesa de Natal e fez com que seu pelotão inteiro montasse nos cavalos prateados, trotando e se agitando, atacando e disparando, conforme seu desejo. Marie também se afastou delicadamente, pois logo se cansou das andanças e do baile dos bonequinhos dentro do castelo. Mas, como ela era muito obediente e bondosa, não queria que ninguém percebesse isso, ao contrário de seu irmão Fritz. O Desembargador Drosselmeier disse num tom bastante contrariado aos pais dos meninos:

– Uma obra tão engenhosa como essa não se destina a crianças sem juízo. Vou embrulhar o meu castelo outra vez!

Mas a Mãe aproximou-se, pedindo ao Desembargador para lhe mostrar a construção por dentro e o esplêndido mecanismo por meio do qual os bonequinhos eram postos

em movimento. Ele desmontou tudo e voltou a montar. Ao fazer isso, tranquilizou-se e presenteou as crianças com mais alguns lindos homenzinhos e mulherezinhas de cabelos castanhos, com rostos, mãos e pernas douradas. Todos eles eram feitos de massa de pão de mel e tinham um cheiro muito doce e agradável, o que alegrou Fritz e Marie. Atendendo ao desejo da Mãe, a irmã Luise tinha vestido o traje que ganhara de presente, e estava muito bonita. Mas Marie, quando sua mãe lhe falou para também pôr seu novo vestido, disse que preferia continuar olhando para ele *assim*. E isso lhe foi permitido.

O PROTEGIDO

Na verdade, Marie não queria se afastar da mesa de Natal, porque acabara de descobrir uma coisa que ninguém ainda notara. Com a movimentação dos hussardos de Fritz, que tinham estado junto à árvore prontos para desfilar, aparecera um homenzinho extraordinário, que permanecia ali imóvel e modesto, como se estivesse pacientemente esperando pela sua vez. Sua aparência, na verdade, era um tanto estranha, pois seu corpo grande e forte não combinava bem com as perninhas mirradas e, além disso, a cabeça parecia desproporcional. A roupa bem-cuidada, própria de um homem culto e de bom gosto, compensava em boa parte sua má aparência. Pois ele trajava uma jaquetinha de hussardo feita de um tecido violeta e brilhante, com muitas fitas brancas e muitos botõezinhos, calças do mesmo tecido e também as mais lindas botinhas, jamais vistas nos pés de um estudante ou até mesmo de um oficial. Elas eram tão justas que pareciam ter sido pintadas sobre as perninhas graciosas. Engraçado era que, completando essa roupa, ele cobrira as costas com um casaco apertado e desajeitado que parecia feito de madeira, e colocara na cabeça um pequeno gorro de minerador.

Observando-o, Marie lembrou que o Padrinho Drosselmeier também costumava vestir um casaco horroroso e uma boina horrível mas que, ainda assim, era um padrinho muito querido. Ela também pensou que, mesmo se o Padrinho Drosselmeier se vestisse tão bem quanto aquele homenzinho, não chegaria a ficar tão bonito. Enquanto Marie olhava mais e mais para aquele homem simpático que imediatamente conquistara sua afeição, ela notou quanta bondade havia em seu rosto. Os olhos verdes-claros, um pouco arregalados, expressavam só amizade e boa vontade. Combinava bem com a aparência do homem a barba bem-aparada de algodão branco que circundava seu queixo, porque assim se destacava seu doce sorriso, bem vermelho.

— Ah! — exclamou Marie por fim. — Querido Pai, de quem é esse homenzinho adorável ali perto da árvore?

— *Esse?* — respondeu o Pai. — Esse, filha querida, tem o dever de trabalhar diligentemente para vocês, quebrando com os dentes as cascas duras das nozes, e pertence a Luise tanto quanto a você e a Fritz.

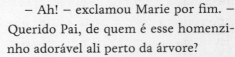

E, dizendo isso, o Pai o pegou com cuidado na mesa e, ao puxar o casaco de madeira do homenzinho para cima, ele abriu a boca, deixando à mostra duas fileiras de dentes muito brancos e pontiagudos. Obedecendo ao Pai, Marie colocou uma noz lá dentro, e num instante o homenzinho a mordeu, a casca caiu e o coração doce da noz foi parar na mão de Marie. E assim Marie e todos os outros ficaram sabendo que o delicado homenzinho era descendente da dinastia dos Quebra-Nozes, e que exercia o ofício dos seus antepassados. Ela saltou de alegria e então o Pai disse:

— Querida Marie, já que você gostou tanto do amigo Quebra-Nozes, caberá a você cuidar dele e protegê-lo, mesmo que, como eu disse, Luise e Fritz tenham os mesmos direitos que você de usá-lo!

Marie imediatamente o tomou nos braços, fazendo-o quebrar nozes. Mas ela escolhia as menores, para que o homenzinho não precisasse abrir tanto a boca, porque aquilo não lhe ficava bem. Luise juntou-se a ela

e agora o amigo Quebra-Nozes também precisava prestar-lhe seus serviços, coisa que ele parecia fazer com muito gosto, porque ficava o tempo todo sorrindo. Nesse meio-tempo, Fritz tinha se cansado de seus exercícios e de suas cavalgadas e, ouvindo as nozes sendo partidas, saltou para junto de suas irmãs, rindo muito daquele homenzinho engraçado que, como Fritz também quisesse comer nozes, ia passando de mão em mão, abrindo e fechando a boca sem parar. Fritz escolhia sempre as nozes maiores e mais duras, e então aconteceu o que aconteceu: crec! crec! – e três dentinhos caíram da boca do Quebra-Nozes e sua mandíbula se soltou.

— Ah! Meu pobre Quebra-Nozes querido! — gritou Marie, arrancando-o das mãos de Fritz.

— Esse sujeito é um bobo — disse Fritz. — Quer ser um Quebra-Nozes e nem é capaz de morder direito, nem sabe fazer o trabalho que lhe cabe! Dê-o aqui, Marie! Quero que ele quebre as nozes para mim, mesmo que perca o resto dos seus dentes, e até o queixo inteiro! O que é que esse inútil está pensando?

— Não, não — gritou Marie chorando. — Não vou lhe dar meu querido Quebra-Nozes! Veja a tristeza com que ele me olha, mostrando a boca machucada! Mas você é uma pessoa de coração duro, você bate em seus cavalos e até manda matarem soldados a tiros.

— Isso tem que ser assim, é algo que você não entende! — gritou Fritz. — Mas o Quebra-Nozes é tão meu quanto seu! Dê-o aqui!

Marie começou a chorar muito alto, e rapidamente enrolou o Quebra-Nozes doente em seu lencinho. Os pais então se aproximaram, junto com o Padrinho Drosselmeier. Para a tristeza de Marie, o Padrinho tomou o partido de Fritz. Mas o Pai disse:

— Coloquei o Quebra-Nozes expressamente sob a proteção de Marie e, como vejo que agora ele precisa de proteção, é a ela que cabe essa responsabilidade, e ninguém deve interferir. Aliás, me surpreende muito que Fritz esteja exigindo mais e mais de uma pessoa que adoeceu em serviço.

Como bom militar, ele deveria saber que não se colocam feridos nas fileiras de batalha!

Fritz ficou muito envergonhado e, sem se preocupar mais com nozes ou quebra-nozes, escapou para o outro lado da mesa, onde seus hussardos, depois de terem colocado vigias a postos, tinham se recolhido aos seus alojamentos noturnos. Marie procurou pelos dentes caídos do Quebra-Nozes e atou em volta do seu queixo ferido uma linda fita branca, que arrancara de seu vestido, e então voltou a enrolar em seu lencinho, com cuidado ainda maior, o pobrezinho, que parecia muito pálido e assustado. Ela o segurou nos braços, ninando-o como se fosse uma criança pequena, enquanto olhava os lindos desenhos do novo livro de figuras. E enfureceu-se, o que não era seu costume, quando o Padrinho Drosselmeier começou a rir e lhe perguntou como era capaz de cuidar tão bem de um sujeito tão feio. Ela se lembrou daquela estranha semelhança que tinha percebido ao ver o homenzinho pela primeira vez, e então disse, muito séria:

— Quem sabe, querido Padrinho, se você se vestisse com tanto cuidado como o meu querido Quebra-Nozes, e se você tivesse botinhas tão lindas e tão lustrosas quanto as dele, quem sabe, então, você ficasse tão bonito quanto ele!

Marie não sabia dizer por que os pais começaram a rir tão alto e por que o Desembargador ficou com o nariz tão vermelho e já não ria mais tão sonoramente quanto antes junto com os demais. Devia haver algum motivo especial para isso.

Coisas maravilhosas

Na sala de estar do dr. Stahlbaum, quando se entra pela porta, logo à esquerda junto à parede, encontra-se um armário envidraçado muito alto, no qual as crianças guardam todas as coisas bonitas que ganharam de presente a cada ano. Luise era ainda bem pequena quando o Pai mandou um marceneiro muito habilidoso fazer o móvel, e ele colocou vidraças tão transparentes quanto o céu e montou tudo com tanta perícia que todos os objetos que se encontravam dentro do armário pareciam muito mais brilhantes e mais bonitos do que nas mãos. Na prateleira mais alta, inalcançável para Marie e Fritz, encontravam-se as obras do Padrinho Drosselmeier. Logo abaixo vinha a prateleira dos livros de figuras, e as duas prateleiras inferiores ficavam à disposição de Marie e de Fritz, para que eles as preenchessem como quisessem. Mas o que acontecia sempre era que Marie fazia da prateleira inferior morada para suas bonecas, enquanto Fritz designava às suas tropas a prateleira acima dessa, como acantonamento. E isso aconteceu hoje também pois, enquanto Fritz instalava seus hussardos na prateleira de cima, Marie empurrara para o lado a srta. Trutchen, na prateleira inferior, acomodando a nova e bem-vestida boneca no aposento muito bem-mobiliado, e convidando-se para comer uns doces com ela. Eu disse que se tratava de um aposento muito bem-mobiliado, e isso corresponde à verdade, pois não sei se você, minha atenta ouvinte, também possui, como a pequena Marie Stahlbaum, um pequeno sofá muito florido, muitas cadeirinhas adoráveis, uma mesa de chá graciosa e, principalmente, uma caminha branca e limpa onde as bonecas descansam. Tudo isso se encontrava no canto do armário, cujas paredes eram cobertas por um papel de parede cheio de pequenos desenhos, e você bem pode imaginar que a boneca nova, cujo nome, como Marie descobriu ainda naquela noite, era srta. Klärchen, certamente se sentia muito bem *nesse* quarto.

Já era bem tarde, quase meia-noite, o Padrinho Drosselmeier já tinha ido embora fazia tempo, e as crianças não conseguiam se afastar do armário envidraçado, apesar das advertências da Mãe de que já era hora de irem para a cama.

— É verdade — disse Fritz por fim —, os coitados (ele se referia aos seus hussardos) também já querem descansar, e enquanto eu permanecer aqui nenhum deles ousará cochilar nem por um instante, disso eu sei!

E com isso ele partiu. Mas Marie pediu com insistência:

– Só um instantinho, querida Mãe, deixe-me ficar aqui só mais um instantinho, ainda tenho algumas coisinhas para resolver e assim que terminar irei imediatamente para a cama!

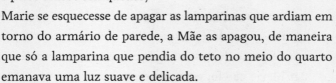

Marie era uma menina obediente e ajuizada, de maneira que a Mãe podia deixá-la sozinha com os brinquedos sem se preocupar. Mas, para evitar que, fascinada pela nova boneca e pelos outros brinquedos, Marie se esquecesse de apagar as lamparinas que ardiam em torno do armário de parede, a Mãe as apagou, de maneira que só a lamparina que pendia do teto no meio do quarto emanava uma luz suave e delicada.

– Não demore, Marie, senão amanhã você não vai conseguir se levantar na hora certa – disse a Mãe, afastando-se e dirigindo-se ao seu quarto de dormir.

Assim que se viu sozinha, Marie se apressou em fazer aquilo que desejava em seu coração, algo que, ela não sabia dizer por quê, não tinha contado a sua Mãe. Ela ainda carregava nos braços o Quebra-Nozes doente, envolto em seu lencinho. Então ela o colocou com cuidado sobre a mesa,

desembrulhou-o em silêncio e examinou seus ferimentos. O Quebra-Nozes estava muito pálido, mas seu sorriso, triste e amistoso, penetrava fundo no coração de Marie.

– Ah! Querido Quebra-Nozes! – sussurrou ela. – Não fique bravo por Fritz ter machucado você, não era a intenção dele; o coração de Fritz simplesmente endureceu um pouco por causa da vida de soldado, mas ele é um bom menino, posso lhe garantir. Agora vou cuidar muito bem de você, até que esteja completamente curado e outra vez alegre, e o Padrinho Drosselmeier, que sabe fazer essas coisas, vai prender bem seus dentes nos lugares e arrumar seus ombros.

Mas Marie não foi capaz de pronunciar a sentença até o fim, pois, assim que ela mencionou o nome de Drosselmeier, o amigo Quebra-Nozes fez uma careta horrível e dos seus olhos dardejaram faíscas verdes. Porém, antes que Marie tivesse tempo de se horrorizar, outra vez ela viu o rosto sincero do Quebra-Nozes, com seu sorriso triste, e concluiu que o brilho da lamparina, momentaneamente tocada pelo vento, é que tinha causado a deformação no rosto do Quebra-Nozes.

— Sou mesmo uma menina tola, me assusto com tanta facilidade que até chego a acreditar que um bonequinho de madeira seja capaz de fazer caretas! Mas eu gosto tanto do Quebra-Nozes porque ele é engraçado e bondoso, e por isso preciso cuidar muito bem dele.

Dizendo isso, Marie tomou o amigo Quebra-Nozes nos braços, aproximou-se do armário envidraçado, agachou-se e disse para sua nova boneca:

— Peço-lhe, srta. Klärchen, que empreste sua caminha para o Quebra-Nozes, que está doente e machucado, e que se acomode da melhor maneira possível no sofá. Lembre que você está forte e com boa saúde, ou suas bochechas não estariam tão coradas, e também que bem poucas entre as mais lindas bonecas possuem sofás tão macios quanto o seu.

A srta. Klärchen, muito distinta em seus reluzentes trajes de Natal, pareceu aborrecer-se com esse pedido e não disse uma palavra.

— Mas para que tanta cerimônia? — falou Marie puxando a cama e nela acomodando o pequeno Quebra-Nozes com muita delicadeza e cuidado, envolvendo seus ombros ma-

chucados com mais uma linda fitinha que normalmente servia para amarrar sua cintura, e cobrindo-o até a altura do nariz.

— Não convém que ele fique com essa mal-educada Kläre — disse ela, e apanhou a caminha, com o Quebra-Nozes deitado nela, colocando-os na prateleira superior, junto à linda aldeia onde estavam acantonados os hussardos de Fritz.

Ela fechou o armário e já ia para seu quarto, quando — ouçam com atenção, crianças — começou a escutar uns sussurros e uns cochichos e um farfalhar à sua volta, atrás da estufa de aquecimento, atrás das cadeiras, atrás dos armários. O relógio de parede, enquanto isso, tiquetaqueava cada vez mais forte, mas não era capaz de fazer soar as horas. Marie olhou em direção ao relógio e viu que a coruja dourada que ficava sentada sobre ele tinha baixado suas asas, que agora cobriam o relógio inteiro, e que esticava para a frente sua cabeça feia e redonda, com o bico torto. E então ouviu palavras murmuradas:

— Reló, relógio, relógios! Todos os relógios devem murmurar! Murmurar baixinho, o mais baixo possível, pois o Rei dos Camundongos tem o ouvido muito sensível! Purr,

purr, pfum, pfum! Cantem uma antiga canção, cantem! Purr, purr, pfum, pfum! Soe, sininho, para que ele se espante!

E assim, pfum, pfum, ouviu-se a voz rouca e baixa repetindo aquilo doze vezes! Marie começou a sentir muito medo e por pouco não fugiu dali, horrorizada, quando viu o Padrinho Drosselmeier, que estava sentado em cima do relógio de parede em vez da coruja, e agora eram as abas do seu casaco amarelo que pendiam como se fossem asas. Mas ela se conteve e gritou com voz chorosa:

– Padrinho Drosselmeier! Padrinho Drosselmeier! O que você está fazendo aí em cima? Desça daí! Pare de me assustar! Não seja malvado, Padrinho Drosselmeier!

Mas então vieram chiados e assovios espantosos à sua volta, e logo era como se mil pezinhos estivessem trotando por detrás das paredes, e como se milhares de luzinhas estivessem piscando nas fendas do assoalho. Porém não eram luzinhas, e sim olhinhos faiscantes, e Marie se deu conta de que, por todos os lados, havia camundongos que olhavam e avançavam. E logo, trot, trot, hop, hop, por toda a sala os camundongos galopavam, em grupos maiores ou menores, por fim colocando-se em fileiras e em colunas, como Fritz costumava fazer com seus soldados antes das batalhas. Marie achou aquilo tudo muito engraçado, e como, ao contrário de outras crianças, ela não tinha nojo de camundongos, não se assustou. Mas então, de repente, ouviu-se um assovio terrível, tão agudo e cortante que um calafrio desceu por suas costas. E o que foi que ela viu? Não, realmente, prezado leitor Fritz, sei muito bem que, assim como o sabido e valente soldado Fritz Stahlbaum, você é muito corajoso! Mas, se você visse *aquilo* que Marie avistou diante de seus olhos, com certeza teria fugido correndo dali, e acho que teria ido se esconder em sua cama, puxando as cobertas por cima de sua cabeça mais do que o necessário.

Ah, mas nem isso a pobre Marie foi capaz de fazer, pois – ouçam, crianças – bem junto aos pés dela começaram a brotar, como se levados por alguma força subterrânea, areia e cal e tijolos esfarelados, e sete cabeças de camundongos com sete coroas reluzentes se ergueram do assoalho, assoviando e chiando horrivelmente. Logo surgiu por inteiro o corpo de camundongo de cujo pescoço brotavam aquelas sete cabeças, e soltando três vivas estridentes em direção ao grande

camundongo enfeitado com sete diademas todo o exército de camundongos se pôs em marcha e, hot, hot, trot, trot, seguiu em direção ao armário e a Marie, que continuava encostada na porta envidraçada. Marie estava com medo, apavorada, e seu coração batia com tanta força que ela achou que ele logo saltaria de dentro do seu peito e ela morreria. Teve então a impressão de que o sangue ficara paralisado em suas veias. Quase desmaiando, cambaleou para trás e então a vidraça do armário, atingida pelo seu cotovelo, se estilhaçou, estralando. Nesse instante, ela sentiu uma dor aguda no braço esquerdo, mas ao mesmo tempo o coração acalmou-se, porque ela não ouvia mais nenhum chiado ou assovio. Fez-se um grande silêncio e, embora ela não quisesse olhar, acreditava que os camundongos, assustados com o vidro que se estilhaçara, tivessem fugido de volta para seus lugares. Mas o que era isso

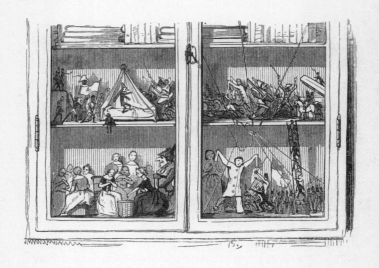

que estava acontecendo agora? Atrás de Marie, bem pertinho dela, ouviam-se no armário uns rumores estranhos e umas vozinhas muito agudas que diziam:

– Acordados! Acordados! E para a batalha preparados! Hoje à noite ainda! Acordados estamos! À batalha, vamos!

E, enquanto isso, ouviam-se sininhos tilintando com delicadeza.

– Ah! Esse é o meu relógio de música – exclamou Marie alegremente, saltando para o lado.

Então ela viu que, no armário, brilhava uma luz diferente, e que ali havia uma movimentação estranha. Eram vários bonecos que andavam para lá e para cá e gesticulavam agitados. Subitamente, o Quebra-Nozes se ergueu da cama, atirando para longe o cobertor e, saltando sobre os dois pés, pôs-se a gritar:

— Bongos! Bongos! Bongos! Bando de camundongos! Prontos! Prontos! Prontos! Bando de tontos! Ós! Ós! Ós! Bando de bocós!

E, enquanto gritava assim, desembainhou sua espada brandindo-a, e gritou:

— Vocês, meus queridos vassalos, amigos e irmãos, querem me ajudar nessa batalha?

Imediatamente surgiram três Scaramouches, um Pantaleão, quatro Limpadores de Chaminés, dois Tocadores de Cítara e um Batedor de Tambor.

— Sim, senhor! Guerreiros fiéis seremos sempre! Enfrentaremos a morte! À luta e à vitória! – disseram, lançando-se atrás do entusiasmado Quebra-Nozes, que ousou saltar da prateleira superior do armário.

Sim, para *eles* era muito fácil saltar assim, pois não só usavam lindas roupas de tecidos e de seda, mas também o interior de seus corpos era feito de algodão e pa-

lha, por isso eles caíam como se fossem saquinhos de lã. Mas o pobre Quebra-Nozes certamente teria partido um braço e as pernas, pois, lembrem-se, a prateleira ficava a mais de meio metro de altura, e seu corpo era frágil como se tivesse sido feito de madeira de tília. Sim, certamente o Quebra-Nozes teria partido um braço e as pernas se a srta. Klärchen não tivesse saltado rapidamente do sofá e apanhado em seus braços macios o herói que pulara, espada desembainhada.

– Ah, querida e bondosa Klärchen! – soluçou Marie. – Como fui injusta com você! Tenho certeza de que você cedeu de boa vontade sua caminha ao amigo Quebra-Nozes!

Mas agora a srta. Klärchen, segurando delicadamente o jovem herói junto a seu peito coberto de sedas, disse:

– Meu senhor, estando doente e ferido como o senhor está, creio que seja melhor abster-se da batalha e de seus perigos, veja como seus valentes vassalos, entusiasmados e seguros da vitória, já estão reunidos. Os Scaramouches, Pantaleão, os Limpadores de Chaminés, as Cítaras e o Tambor já estão lá embaixo, e os porta-estandartes na minha prateleira já estão se colocando a postos! É melhor que o senhor descanse em meus braços, ou que observe sua vitória acomodado em meu chapéu de penacho!

Assim falou Klärchen, mas o Quebra-Nozes se comportou muito mal e esperneou com tanta força que ela logo se viu obrigada a colocá-lo no chão. No mesmo instante, todavia, com muito boas maneiras, ele se dobrou sobre um joelho e disse ciciando:

— Senhora, sempre me lembrarei, durante a luta e a batalha, de sua bondade e generosidade para comigo!

Então Klärchen se abaixou para apanhá-lo pelo bracinho, ergueu-o com cuidado e quis atar ao redor de sua pequena cintura a faixa que ela própria usava, da qual pendiam diversos ornamentos. Mas o Quebra-Nozes recuou dois passos, pôs a mão sobre o peito e disse, num tom muito solene:

— Não desperdice assim seus favores, senhora, pois — ele se interrompeu, suspirou profundamente, e então num átimo arrancou dos ombros a fitinha com a qual Marie tinha feito sua atadura, beijou-a, colocou-a sobre o peito como uma faixa e saltou, com a espada reluzente em punho, ágil como um passarinho, sobre a borda do armário para o assoalho.

Amáveis e atentos ouvintes, vocês com certeza perceberam que, mesmo antes de realmente ganhar vida, o Quebra-Nozes sentiu todo o amor e toda a bondade demonstrados por Marie, e que era por gratidão a Marie que ele não queria ostentar uma fita da srta. Klärchen, apesar de ela ser tão linda e reluzente. O bom e fiel Quebra-Nozes preferia enfeitar-se com a simples fitinha de Marie. Mas como há de continuar nossa história? Assim que o Quebra-Nozes saltou, os chiados e os assovios recomeçaram. Sim, sob a grande mesa encontravam-se os terríveis bandos de incontáveis camundongos e, acima de todos eles, erguia-se o horrível camundongo de sete cabeças! O que haverá de acontecer?

A BATALHA

— Que soe a marcha do general, fiel vassalo Tambor! — gritou o Quebra-Nozes.

E, imediatamente, o tambor começou a vibrar com tal maestria que as vidraças do armário estremeceram, ecoando o clamor. Em seu interior ouviam-se estalos e ruídos, e Marie percebeu que as tampas de todas as caixas onde Fritz acomodara seu exército se abriam impetuosamente, e os soldados saíam, saltando para a prateleira inferior e juntando-se em reluzentes pelotões. O Quebra-Nozes marchava de um lado para outro e discursava entusiasmado para as tropas.

— Que ninguém se mova ou faça barulho! — gritou o Quebra-Nozes furioso, voltando-se depressa para o Pantaleão, que, um tanto pálido, tremia com seu queixo comprido. O Quebra-Nozes disse, num tom solene:

— General, conheço sua coragem e sua experiência, o que vale aqui é entender a

situação com rapidez e aproveitar o momento. Confiolhe o comando de toda a cavalaria e artilharia. De um cavalo, o senhor não precisa, pois com suas longas pernas é capaz de galopar suficientemente bem. E agora faça o que lhe cabe fazer!

Imediatamente o Pantaleão enfiou na boca os dedos magros e ressecados e assoviou com tanta força que era como se mil pequenos clarins estivessem soando ao mesmo tempo. E então começaram, dentro do armário, os relinchos e

as batidas de cascos dos cavalos, e eis que os diferentes soldados de Fritz, e principalmente os novos e esplêndidos hussardos, saíram em marcha e logo estavam formados sobre o assoalho. Agora um regimento após o outro desfilou diante do Quebra-Nozes, com seus estandartes esvoaçando e marchas militares ressoando, enfileirando-se em transversal sobre o assoalho da sala. Mas, à frente deles, seguiam rangendo os canhões de Fritz, rodeados pelos canhoneiros, e logo começaram os disparos: bum! bum! Marie via as bolinhas de açúcar que voavam pelos ares, caindo sobre o denso amontoado de camundongos, que ficavam cobertos de um pó branco e se envergonhavam muito. Porém o que mais lhes causava danos era a bateria de artilharia pesada, estacionada sobre a banqueta da Mamãe, que – tum, tum – lançava ininterruptamente farelos de biscoito sobre os camundongos, derrubando-os. Ainda assim, os camundongos avançavam e avançavam e até chegaram a atropelar alguns canhões. Ouviu-se então prrr, prrr, e havia tanta fumaça e poeira que Marie mal era capaz de enxergar o que estava acontecendo. Era evidente, no entanto, que os dois exércitos lutavam com toda a fúria, e que a vitória parecia estar ora com um lado, ora com o outro. Formavam-se massas cada vez maiores de camundongos, e as bolinhas prateadas que eles arremessavam com grande habilidade agora chegavam a atingir o interior do armário envidraçado. Desesperadas, Klärchen e Trutchen corriam de um lado para outro torcendo as mãos.

– Será que morrerei na flor da idade? Eu, a mais linda das bonecas? – gritava Klärchen.

— Foi para isso me que cuidei tão bem? Para morrer aqui, no interior de minha própria casa? — gritava Trutchen.

E então elas se abraçaram e choravam tão alto que, apesar do furor da batalha, era possível ouvi-las. Pois vocês mal podem imaginar o que se passava ali, prezados ouvintes. Prr, prrr, puff, pfiff, ra-ta-tá, ra-ta-tá, bum, burum, bum, burum, bum, bum! Uma grande confusão! Enquanto isso, o Rei dos Camundongos e seus súditos chiavam e gritavam e então se ouvia de novo a voz poderosa do Quebra-Nozes dando ordens a seus soldados, marchando em meio aos batalhões, na linha de fogo. O Pantaleão fizera alguns brilhantes ataques de cavalaria, cobrindo-se de glórias, mas os hussardos de Fritz foram atacados pela artilharia dos camundongos e, atingidos por projéteis horríveis e malcheirosos que deixavam manchas muito feias em suas jaquetas vermelhas, hesitavam em avançar. O Pantaleão ordenou-lhes recuarem para a esquerda e, em seu en-

tusiasmo de comandante, fez o mesmo, conduzindo também seus pelotões encouraçados e sua cavalaria. Com isso, a bateria de artilharia postada sobre a banqueta ficou vulnerável, e logo um enorme bando de horríveis camundongos a atacou com tanto ímpeto que a banqueta virou, juntamente com os canhões e os canhoneiros. O Quebra-Nozes parecia muito abalado com isso e ordenou às tropas à direita que recuassem também.

Você, meu querido ouvinte Fritz, sendo um conhecedor da guerra, sabe que uma movimentação como essa significa quase o mesmo que fugir, e assim como eu já deve estar lamentando o desas-

tre que ameaçava o exército comandado pelo pequeno Quebra-Nozes, tão amado por Marie. Desvie, porém, seu olhar dessa desgraça e olhe para as tropas que estão no flanco esquerdo do exército do Quebra-Nozes, onde a situação ainda é muito boa, e onde ainda há muitas esperanças, para os comandantes tanto quanto para os soldados. Durante a luta acalorada, uma multidão de cavaleiros camundongos tinha saído discretamente de debaixo da cômoda, lançando-se em meio a terríveis assovios sobre o flanco esquerdo do exército do Quebra-Nozes. Mas que resistência encontraram ali! Aos poucos, por causa da dificuldade do terreno — pois era preciso galgar a borda do armário —, o pelotão de porta-estandartes, liderado por dois Imperadores chineses, conseguiu avançar e formar-se em quadrado. Essas tropas valentes, diversificadas e esplêndidas, compostas por uma grande quantidade de Jardineiros, Tiroleses, Mongóis, Cabeleireiros, Arlequins, Cupidos, Leões, Tigres, Gorilas e Macacos, lutavam com determinação, coragem e persistência. Com valentia espartana, esse batalhão de elite teria triunfado sobre os inimigos, não fosse por um destemido capitão de cavalaria que, avançando como um possuído, arrancara a dentadas a cabeça de um dos Imperadores chineses, que, ao cair, matou dois Mongóis e um Gorila. Surgiu assim uma lacuna, pela qual o inimigo penetrou, e logo o batalhão inteiro tinha sido despedaçado a dentadas. Mas o inimigo pouco se beneficiou de semelhante maldade. Cada vez que um dos membros da cavalaria dos camundongos atacava com fúria assassina um dos seus valentes inimigos, era golpeado no pescoço com uma lâmina, caindo imediatamente morto. Mas isso tampouco ajudou o exército do Quebra-Nozes, que, uma vez tendo começado a recuar, assim prosseguiu, perdendo cada vez mais homens, de maneira que logo o infeliz Quebra-Nozes se viu junto ao armário envidraçado, cercado apenas por um pequeno grupo.

– Que venham os reservistas! Pantaleão! Scaramouche! Tambor! Onde estão vocês?

Assim gritava o Quebra-Nozes, na esperança de que novas tropas se formassem dentro do armário. De fato, logo vieram alguns homens e mulheres castanhos, feitos de massa de pão de mel, com rostos dourados, portando chapéus e capacetes. Mas eles lutavam tão desajeitadamente que eram incapazes de atingir seus inimigos e chegaram até a derrubar o chapéu de seu general, o Quebra-Nozes. Os soldados inimigos logo devoraram suas pernas, de forma que eles tombaram, matando alguns dos companheiros de armas do Quebra-Nozes. Cercado por inimigos por todos os lados, este viu-se então em grande perigo. Queria pular sobre a borda do armário, mas suas pernas não eram suficientemente compridas; Klärchen e Trutchen, tendo desmaiado, não tinham como ajudá-lo; os hussardos e os demais soldados saltavam ligeiros, passando por ele e entrando no armário, e então ele gritou, desesperado:

— Um cavalo! Um cavalo! Meu reino por um cavalo!

No mesmo instante, dois membros da infantaria ligeira do inimigo o agarraram pelo casaco de madeira e, gritando em triunfo de sete gargantas, o Rei dos Camundongos avançou. Marie não conseguiu mais se controlar.

— Oh! Meu pobre Quebra-Nozes! Meu pobre Quebra-Nozes! — gritou ela soluçando. Descalçou seu pé esquerdo e, sem perceber o que estava fazendo, lançou o sapato violentamente no meio do bando de camundongos, em direção ao seu rei.

Nesse instante, tudo parecia ter se dissipado, porém Marie sentiu em seu braço esquerdo uma dor ainda mais lancinante do que antes e desmaiou, caindo por terra.

A DOENÇA

Quando Marie acordou, de um sono profundo como a morte, estava deitada em sua caminha e o sol brilhava, claro e faiscante, através da janela coberta de gelo. Junto a ela estava sentado um homem, que ela logo reconheceu: era o cirurgião Wendelstern. Ele sussurrou:

– Ela acordou!

Então a Mãe se aproximou, olhando-a com um olhar indagador e cheio de medo.

– Ah, Mãe querida – balbuciou a pequena Marie. – Aqueles camundongos horríveis já foram embora? O Quebra-Nozes está a salvo?

– Pare de falar besteiras, querida Marie – respondeu a Mãe. – O que têm os camundongos a ver com o Quebra-Nozes? Mas você, menina má, nos causou muito medo e muita preocu-

pação. É isso o que acontece quando as crianças são teimosas e não obedecem aos pais. Ontem você ficou brincando com suas bonecas até tarde da noite. Você ficou com sono e pode ser que um camundongo, que normalmente não existe por aqui, tenha aparecido e a tenha assustado. Seja como for, você bateu com o braço na vidraça do armário com tanta força que a quebrou e, com isso, fez um corte tão profundo no braço que o dr. Wendelstern, que acaba de tirar os cacos de vidro de sua ferida, acha que, se tivesse atingido uma veia, seu braço poderia ter ficado paralisado para sempre. Ou que você poderia ter sangrado até morrer. Graças a Deus que acordei à meia-noite e, vendo que apesar de ser tão tarde você ainda não estava em sua cama, me levantei e fui até a sala. E lá estava você, desmaiada junto ao armário envidraçado, sangrando muito. Eu quase desmaiei também, de susto. Lá estava você e, à sua volta, eu vi muitos dos soldadinhos de chumbo de Fritz e outros bonecos, porta-estandartes quebrados e homenzinhos de pão de mel. O Quebra-Nozes estava sobre o seu braço, que sangrava, e não longe de você estava também o seu sapato esquerdo.

– Ah, Mãezinha! Mãezinha – interrompeu-a Marie –, você vê, esses eram os rastros da grande batalha entre os bonecos e os camundongos, e eu me assustei tanto quando os camundongos quiseram capturar o pobre Quebra-Nozes, que estava comandando o exército dos bonecos! E então eu atirei meu sapato sobre os camundongos. Não sei o que aconteceu depois disso.

O cirurgião Wendelstern olhou para a Mãe como quem sinaliza algo e a Mãe disse a Marie, num tom muito delicado:

– Deixe estar, filha querida! Acalme-se! Os camundongos foram embora e o querido Quebra-Nozes está guardado no armário, feliz e contente.

Então o dr. Stahlbaum entrou no quarto, conversou demoradamente com o cirurgião Wendelstern, tomou o pulso de Marie e ela, então, ouviu que eles falavam de uma febre causada por ferimentos. Ela teve que ficar acamada e tomar remédios, e assim se passaram alguns dias, durante os quais, exceto por uma certa dor no braço, Marie não se sentia nem mal nem doente. Ela sabia que o pequeno Quebra-Nozes tinha escapado são e salvo da batalha e, às vezes, como num sonho, parecia-lhe que ele lhe dizia claramente, ainda que com uma voz muito triste:

– Marie, prezada senhora, sou-lhe grato por muita coisa, porém a senhora ainda pode fazer mais por mim!

Em vão Marie se perguntava a que ele poderia estar se referindo, mas nada lhe ocorria. Ela não podia brincar direito por causa do ferimento no braço e, quando tentava ler ou folhear seu livro de figuras, sua vista vacilava de uma maneira estranha e ela era obrigada a desistir. Assim o tempo demorava a passar, e ela mal conseguia esperar o entardecer, quando sua Mãe se sentava junto à sua cama e lia para ela e lhe contava lindas histórias. A Mãe acabara de lhe contar a maravilhosa história do príncipe Fakardin quando a porta se abriu e o Padrinho Drosselmeier entrou, dizendo:

— Agora preciso ver com meus próprios olhos como está a querida enferma Marie com seus ferimentos!

Assim que viu o Padrinho Drosselmeier com seu paletozinho amarelo, as imagens daquela noite em que o Quebra-Nozes perdera a batalha contra os camundongos surgiram nítidas diante dos seus olhos, e involuntariamente Marie exclamou para o Desembargador:

— Oh! Padrinho Drosselmeier, como você foi maldoso! Vi você sentado sobre o relógio, cobrindo-o com suas asas e impedindo que ele soasse para assustar os camundongos! Bem que ouvi você chamando o Rei dos Camundongos! Por que você não veio ajudar o Quebra-Nozes? Por que você não veio me ajudar, Padrinho Drosselmeier? Que cruel! Você é o único culpado por eu estar de cama e ferida!

Muito assustada, a Mãe perguntou:

— O que há com você, Marie querida?

Mas o Padrinho Drosselmeier pôs-se a fazer umas caretas esquisitas e disse, zumbindo com voz monótona:

— O pêndulo teve que murmurar, não era hora de badalar, relógios, relógios têm que murmurar, baixinho soar, sinos tocam alto, kling, klang, hink, honk, hank. Bonequinha, não tenha medo! Sininhos tocam, já tocaram, para o Rei dos Camundongos espantar, vem a coruja voando no ar, pak e pik, pik e pak, sininhos tlin, tlin, relógios, purr, parr, o pêndulo tem que murmurar, não era hora de badalar, parr, pfum, purr, pfum, purr, parr!

Marie olhava para o Padrinho com os olhos arregalados, porque ele estava alterado, ainda muito mais feio do que normalmente, e balançava seu braço direito de um lado para o outro, como se fosse uma marionete. Ela teria ficado horrorizada com o Padrinho se sua Mãe não estivesse ali e se, por fim, Fritz, que nesse meio-tempo tinha penetrado discretamente no quarto, não o tivesse interrompido com uma gargalhada:

— Ei! Padrinho Drosselmeier, hoje você está de novo bem engraçado, você está se comportando como aquele meu boneco articulado que eu joguei atrás da estufa de aquecimento.

A Mãe permaneceu muito séria e disse:

— Querido Desembargador, que brincadeira estranha é essa? O que é que o senhor está fazendo?

— Céus! — respondeu Drosselmeier rindo. — A senhora não conhece minha linda canção do relojoeiro? Sempre costumo cantá-la para pessoas que estão doentes como Marie.

Dizendo isso, ele se sentou depressa bem perto da cama de Marie e disse:

— Não se aborreça comigo por eu não ter arrancado imediatamente os quatorze olhos do Rei dos Camundongos, mas não foi possível. Em vez disso, quero lhe proporcionar uma verdadeira alegria.

Dizendo essas palavras, o Desembargador enfiou a mão no bolso e o que tirou cuidadosamente dali foi o Quebra-Nozes, cujos dentes perdidos ele repusera com muita habilidade em seus lugares, tendo também recolocado a mandíbula no lugar certo. Marie deu gritos de alegria e a Mãe disse, sorrindo:

— Está vendo como são boas as intenções do Padrinho Drosselmeier para com seu Quebra-Nozes?

— Mas você tem que admitir, Marie — interrompeu-a o Desembargador —, você tem que admitir que o Quebra-Nozes não é lá muito bem proporcionado e que o rosto dele também não pode ser considerado propriamente bonito. Como essa feiura se tornou hereditária em sua família, isso é o que eu vou lhe contar agora, se você quiser me ouvir. Ou será que você já conhece a história da princesa Pirlipat, da bruxa Camundongora e do Relojoeiro Habilidoso?

— Ouça — interrompeu-o Fritz —, ouça, Padrinho Drosselmeier, você colocou os dentes do Quebra-Nozes de volta em seus lugares e a mandíbula dele também já não está mais balançando, mas por que está faltando a espada dele? Por que você não pendurou uma espada em sua cintura?

— Ai! — respondeu o Desembargador de má vontade. — Em tudo você encontra um defeito, hem, meu rapaz? O que me interessa a espada do Quebra-Nozes? Eu curei o corpo dele! Se ele quiser uma espada, que a faça!

— É verdade — exclamou Fritz. — Se ele é um camarada diligente, vai ser capaz de encontrar armas!

— Então, Marie — continuou o Desembargador — diga-me se você conhece a história da princesa Pirlipat!

— Não! — respondeu Marie. — Conte, querido Padrinho Drosselmeier, conte!

— Espero — disse a Mãe —, espero, querido Desembargador, que sua história não seja tão horrível como costuma ser tudo o que o senhor conta!

— De maneira nenhuma, prezadíssima senhora — retrucou Drosselmeier. — Ao contrário, essa história que eu terei a honra de contar é bem divertida.

— Conte, conte, querido Padrinho! — gritaram as crianças, e então o Desembargador começou:

A HISTÓRIA DA NOZ DE CASCA DURA

"A mãe de Pirlipat era esposa de um rei, portanto era uma rainha, e Pirlipat, desde que nasceu, princesa de nascimento. O rei estava fora de si de alegria pela linda filhinha que se encontrava no berço, ele dançava e cantava e pulava sobre uma perna só, e gritava e gritava:

"— Viva! Alguém já viu alguma coisa mais linda do que a minha pequena Pirlipat?

"Mas todos os ministros, generais, presidentes e oficiais saltavam, como o rei, numa perna só de um lado para o outro, e respondiam:

"— Não, nunca!

"E, de fato, não havia como negar que, desde que o mundo é mundo, nunca nascera uma criança mais linda do que a princesa Pirlipat. Seu rostinho parecia ter sido tecido de fios de seda brancos como lírios e de fios de seda vermelho como rosas. Seus olhinhos pareciam turquesas faiscantes e era lindo ver como seus cachinhos dourados reluziam. Além disso, a pequena Pirlipat trouxera ao mundo duas fileiras de dentinhos brancos como pérolas, com os quais ela mordeu o dedo do primeiro-ministro, duas horas depois de seu nascimento, quando ele quis examinar suas feições mais de perto, fazendo-o gritar:

"– Ui!

"Outros afirmam que ele gritou:

"– Ai de mim!

"Até hoje há muito desacordo a esse respeito. Seja como for, a pequena Pirlipat realmente mordeu o dedo do primeiro-ministro e o país inteiro, encantado, ficou sabendo que espírito, sensibilidade e entendimento habitavam o corpinho angelical de Pirlipat. Como dito, todos estavam encantados. Só a rainha estava muito receosa e inquieta, e ninguém era capaz de dizer por quê. Mas chamou atenção de todos que ela mandou vigiarem com muito cuidado o bercinho de Pirlipat. Além de as portas do quarto serem sempre guardadas por sentinelas, e descontando as duas babás que sempre permaneciam junto ao berço de Pirlipat, seis outras ficavam sentadas no quarto, noite após noite. Mas o que parecia totalmente absurdo, e ninguém era capaz de compreender, é que cada uma dessas seis babás tinha que tomar no colo um gato, passando a noite inteira a acariciá-lo, de maneira que ele sempre fosse impelido a ronronar. É impossível, queridas crianças, que vocês sejam capazes de adivinhar por que a mãe de Pirlipat fazia tudo aquilo. Mas eu sei qual era o motivo, e vou logo contá-lo a vocês.

"Aconteceu, certa vez, que na Corte do pai de Pirlipat se reuniram vários reis excelentes e príncipes muito formosos e, por esse motivo, realizaram-se esplêndidos jogos de cavalaria, apresentações de comédias e bailes. O rei, para mostrar a todos que não lhe faltavam o ouro nem a prata, resolveu tirar do tesouro da

Coroa uma porção generosa de sua fortuna, despendendo-a como deve ser. Por isso, como tinha ouvido secretamente do cozinheiro-chefe que o astrônomo da Corte anunciara que era chegado o momento propício para o abate dos animais, deu ordens para que se preparasse um grande banquete de linguiças. Em seguida, ele se acomodou em sua carruagem e convidou todos os reis e príncipes para tomarem um prato de sopa em sua companhia, para assim alegrá-los com a surpresa. Então, num tom muito gentil, ele disse à sra. rainha:

"– Querida, você já sabe quanto eu gosto de linguiças!

"A rainha entendeu o que ele queria dizer com isso: significava que, assim como já fizera tantas outras vezes, ela deveria dedicar-se à útil atividade da produção de linguiças. O tesoureiro-chefe logo foi incumbido de levar o grande caldeirão de ouro e as caçarolas de prata para a cozinha. Uma grande fogueira foi preparada com madeira de sândalo, a rainha colocou seu avental adamascado e logo os aromas adocicados dos ingredientes começaram a emanar do caldeirão. O aroma agradável chegou até o Conselho de Estado e o rei, encantado, foi incapaz de se conter.

"— Perdão, meus senhores! — exclamou ele, e saiu correndo em direção à cozinha, abraçou a rainha, revirou um pouco o caldeirão com seu cetro de ouro e então voltou, tranquilizado, ao Conselho de Estado.

"Acabara de chegar o instante crucial no qual o toucinho deveria ser cortado em cubinhos e assado em grelhas de prata. As damas da Corte se afastaram, porque a rainha, em sinal de dedicação e respeito a seu marido real, queria realizar sozinha essa tarefa. Mas, assim que o toucinho começou a tostar, ouviu-se uma voz fininha e sussurrante que dizia:

"— Dê um pouco desse assado para mim, irmãzinha! Também quero prová-lo, sou também rainha, me dê um pouco!

"A rainha sabia muito bem que quem lhe falava assim era dona Camundongora. Dona Camundongora já vivia no palácio real há muitos anos. Ela alegava ser parente da família real e rainha do reino da Camundongória, motivo pelo qual mantinha uma grande Corte debaixo do fogão. A rainha era uma mulher bondosa e benevolente e, mesmo que não reconhecesse dona Camundongora como rainha e sua irmã, ainda assim queria de boa vontade deixá-la participar do banquete nesse dia de festa, e por isso gritou:

"– Adiante, dona Camundongora, venha provar meu toucinho!

"E então dona Camundongora apressou-se, saltitando alegremente, e pulou sobre o fogão, agarrando com as patinhas graciosas, um depois do outro, os pedaços de toucinho que lhe eram dados pela rainha. Mas então todos os compadres e comadres de dona Camundongora também apareceram saltando, assim como seus sete filhos, uns sujeitos mal-educados, que se lançaram sobre o toucinho de tal maneira e com tanta voracidade que a rainha, assustada, não teve como se defender deles. Por sorte, a governanta da Corte apareceu nesse instante e espantou os invasores, de maneira que ainda sobrou um pouco de toucinho que, seguindo as instruções do matemático da Corte, que foi convocado, foi dividido com grande habilidade entre todas as linguiças.

Tambores e trombetas ressoaram, e todos os potentados e príncipes se aproximaram, em trajes solenes e brilhantes, alguns sobre esplêndidos cavalos brancos, outros a bordo de carruagens de cristal, para participarem do banquete das linguiças. O rei os recebeu com grande cordialidade e respeito e sentou-se então, portando o cetro e a coroa como convém a um soberano, à cabeceira da mesa. Já enquanto era servido o primeiro prato, que consistia de linguiças feitas de fígado, todos repararam que o rei estava cada vez mais pálido, que erguia os olhos em direção aos céus enquanto breves suspiros escapavam do seu peito. Uma dor terrível parecia devorá-lo por dentro! Mas, quando foram servidos os chouriços, ele se prostrou em seu assento soluçando e gemendo, pôs as duas mãos sobre o rosto, lamentando-se e queixando-se. Todos se levantaram da mesa. O médico tentou, em vão, tomar o pulso do pobre rei, que parecia dilacerado por um sofrimento profundo e inominável. Por fim, por fim, depois de muitas exortações e da aplicação de remédios fortes, como penas de aves destiladas e outros tais, o rei aparentemente voltara um pouco a si e então, com voz muito baixa, quase inaudível, gaguejou as seguintes palavras:

"– Falta toucinho!

"Então, desconsolada, a rainha lançou-se a seus pés, soluçando:

"– Oh! Meu pobre e infeliz cônjuge real! Oh! Quão terríveis são as dores que lhe cabe suportar! Mas a culpada encontra-se aqui, a seus pés! Puna-a! Puna-a com rigor! Ah! A dona Camun-

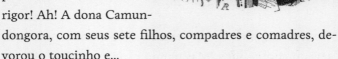

dongora, com seus sete filhos, compadres e comadres, devorou o toucinho e...

"E então a rainha desmaiou, caindo de costas. Mas o rei se ergueu enfurecido, e gritou:

"– Governanta da Corte! Como é que aconteceu uma coisa dessas?

"A governanta contou o que sabia, e o rei decidiu vingar-se de dona Camundongora e sua família, que tinham devorado o toucinho de suas linguiças. Foi convocada uma reunião sigilosa do Conselho de Estado, na qual se decidiu que dona

269

Camundongora seria processada e que todos os seus bens seriam confiscados. Mas, como o rei era da opinião de que, ainda assim, ela poderia continuar a devorar o toucinho, o assunto foi passado ao relojoeiro e alquimista da Corte.

"Esse homem, cujo nome era idêntico ao meu, isto é, Christian Elias Drosselmeier, prometeu que, por meio de uma ação política muito engenhosa, expulsaria para sempre dona Camundongora e sua família do palácio real. E, de fato, ele inventou umas maquininhas muito engenhosas, no interior das quais se colocava toucinho assado preso a um fiozinho, e essas maquininhas foram posicionadas em toda a volta da morada da dona Devoradora de Toucinho. Dona Camundongora era esperta e não se deixou enganar pela astúcia de Drosselmeier, porém todas

suas advertências e todos seus avisos de nada adiantaram: seduzidos pelo aroma doce do toucinho assado, todos os sete filhos de dona Camundongora e muitos de seus compadres e comadres entraram nas máquinas de Drosselmeier e, justo no instante em que estavam prestes a se deliciar com o toucinho, foram aprisionados por uma grade, que caía subitamente, e, então, executados na cozinha de maneira humilhante. Com o que sobrou de seu bando, dona Camundongora deixou aquele lugar de horror. Seu coração estava cheio de tristeza, desespero e desejo de vingança. A Corte rejubilou-se muito, mas a rainha ficou preocupada porque conhecia o caráter de dona Camundongora e sabia

muito bem que ela não deixaria de vingar a morte de seus filhos e de seus parentes. E, de fato, dona Camundongora apareceu quando a rainha preparava para seu esposo real um delicioso patê de vísceras, um prato que ele apreciava muito, e disse:

"— Meus filhos, compadres e comadres foram assassinados. Preste atenção, rainha, para que a rainha dos camundongos não despedace sua princesinha a dentadas! Preste muita atenção!

"E, dizendo isso, ela desapareceu e nunca mais foi vista, mas a rainha ficou tão assustada que deixou o patê de vísceras cair no fogo e assim, pela segunda vez, dona Camundongora estragou um dos pratos prediletos do rei, o que o enfureceu sobremaneira. Mas por hoje basta. O resto fica para outra vez."

Por mais que Marie, que tinha suas próprias ideias a respeito da história, pedisse ao Padrinho Drosselmeier para continuar, ele permaneceu inflexível, levantou-se e disse:

— Excessos fazem mal à saúde. O resto fica para amanhã.

E, justamente quando o Desembargador estava para sair do quarto, dirigindo-se à porta, Fritz perguntou:

— Mas diga, Padrinho Drosselmeier, é verdade que você inventou as ratoeiras?

— Que pergunta tola! — disse a mãe, mas o Desembargador sorriu de uma maneira estranha, e disse baixinho:

— Por acaso eu não sou um relojoeiro habilidoso? Por acaso eu não seria capaz de inventar ratoeiras?

Continuação da história
da noz de casca dura

— Agora vocês já sabem, crianças — prosseguiu o Desembargador na noite seguinte —, por que a rainha mandava vigiar a lindíssima princesa Pirlipat com tanto cuidado. Como ela haveria de não temer que dona Camundongora cumprisse sua ameaça, voltando para despedaçar a princesinha a dentadas? As máquinas de Drosselmeier não adiantaram nada contra a esperta e inteligente dona Camundongora, e somente o astrônomo da Corte, que era ao mesmo tempo adivinho particular e intérprete de estrelas, alegava saber que a família do gato Ronron seria capaz de manter dona Camundongora longe do berço. É por isso que cada uma das babás tinha no colo um dos filhos dessa família, gatos que, aliás, eram funcionários particulares da Corte, ocupando o cargo de secretários de legação. Elas

acariciavam seus dorsos, tentando com isso suavizar a pesada missão oficial que lhes cabia.

"Uma vez, já era meia-noite, uma das duas babás-chefes que estavam sentadas junto ao bercinho acordou sobressaltada como de um sono profundo. Tudo à sua volta estava mergulhado em silêncio. Não se ouvia o ronronar dos gatos. O silêncio era tanto que se escutavam os ruídos dos insetos no interior das madeiras. Mas que susto levou a babá-chefe ao ver diante de si um camundongo grande e muito feio, de pé sobre as patinhas traseiras, com sua boca horrorosa junto ao rostinho da princesa. Com um grito de pavor, ela se ergueu saltando. Todos acordaram, mas, nesse instante, dona Camundongora (não era outro o camundongo que se aproximara do bercinho de Pirlipat) fugiu para um canto do quarto. Os secretários de legação correram atrás dela,

mas chegaram tarde demais: ela já tinha desaparecido através de uma rachadura no assoalho do quarto. A pequena Pirlipat acordou com o barulho e se pôs a chorar amargamente.

"— Graças aos céus! — gritaram as babás. — Ela está viva!

"Mas qual não foi o espanto quando voltaram o olhar para a pequena Pirlipat e viram o que tinha sido feito da linda e delicada criança. Em vez da cabecinha de anjo de pele rosada e cachinhos dourados, o que viram foi uma cabeça inchada e deformada sobre um corpinho mirrado. Os olhos azul-turquesa tinham se transformado em olhos verdes, arregalados e paralisados, e a boquinha agora ia de uma orelha até a outra. A rainha queria morrer de tanto chorar e se lamentar, e as paredes do escritório do rei tiveram que ser inteiramente revestidas com forrações feitas de chumaços de algodão porque ele batia sem parar com a cabeça na parede, gritando, com uma voz muito chorosa:

"— Ai de mim, infeliz monarca!

"Embora ele tivesse compreendido que teria sido melhor comer as linguiças sem o toucinho, deixando em paz dona Camundongora e sua família debaixo do fogão, o real pai de Pirlipat, em vez de pensar nisso, culpou o relo-

joeiro e alquimista da Corte, Christian Elias Drosselmeier de Nuremberg. Por isso, ele promulgou o sábio decreto determinando que, no prazo de quatro semanas, Drosselmeier teria que restituir o estado original da princesa Pirlipat ou, pelo menos, encontrar um método infalível para fazer isso. Caso contrário, seria executado de forma aviltante pelo machado do carrasco. Drosselmeier ficou muito apavorado mas, confiando em sua habilidade e em sua sorte, partiu para a primeira operação que lhe parecia adequada. Desmontou com grande habilidade a princesinha Pirlipat, desaparafusando suas mãozinhas e seus pezinhos, e examinou logo sua estrutura interna, mas infelizmente descobriu que, quanto mais a princesa crescesse, mais ela se deformaria. Sem saber o que fazer, voltou a montá-la com todo o cuidado e se deitou, entristecido, ao lado do bercinho dela, que ele não tinha permissão de deixar nunca. A quarta semana já tinha começado; sim, já era quarta-feira quando o rei entrou, com olhos faiscando de raiva e, ameaçando-o com o cetro, gritou:

"– Christian Elias Drosselmeier, cure a princesa, ou morrerá!

"Drosselmeier se pôs a chorar amargamente, mas a princesa Pirlipat quebrava nozes com alegria. Pela primeira vez, o alquimista se deu conta do excepcional apetite de Pirlipat por nozes, e também do fato de ela já ter nascido com dentes. De fato, logo depois de sua transformação, ela

tinha começado a chorar, só parando quando, por acaso, viu uma noz, que quebrou imediatamente, comendo-a e assim acalmando-se. Desde então, as babás não podiam deixar de lhe levar nozes.

"– Oh, santa intuição da natureza, simpatia para sempre insondável entre todas as criaturas – gritou Christian Elias Drosselmeier. – Você está me mostrando a porta do mistério, vou bater e ela há de se abrir!

"Imediatamente ele pediu autorização para conversar com o astrônomo da Corte e foi levado até ele, sob a vigilância de muitos guardas. Os dois homens se abraçaram em meio a muitas lágrimas, pois eram queridos amigos um do outro, e então se recolheram a um gabinete particular, onde se puseram a pesquisar vários livros que tratavam das intuições, simpatias, antipatias e outros assuntos misteriosos. A noite caiu. O astrônomo examinou as estrelas e, com a ajuda de Drosselmeier, que também era um conhecedor de astrologia, estabeleceu o horóscopo da princesa

Pirlipat. Isso lhe custou muito esforço, porque as linhas se embaralhavam mais e mais. Mas, por fim, que alegria! Finalmente ficou claro para eles que, para livrar-se do feitiço que a deixara feia e tornar-se tão bonita como tinha sido antes, apenas precisaria comer o coração doce da noz Krakatuk.

"A noz Krakatuk tinha uma casca tão dura que até mesmo um canhão poderia ser conduzido sobre ela sem que ela se partisse. Mas essa noz tão dura teria que ser quebrada diante da princesa pelos dentes de um homem que nunca tivesse cortado a barba e que nunca tivesse usado botas, e que, então, com os olhos fechados, teria que dar a ela o coração da noz. Só depois de recuar sete passos sem tropeçar o jovem poderia voltar a abrir os olhos. Por três dias e três noites Drosselmeier trabalhou ininterruptamente junto com o astrônomo, e no sábado, enquanto o rei estava sentado à mesa do almoço, Drosselmeier, que deveria ser decapitado no domingo logo ao amanhecer, entrou correndo na sala de almoço, jubilando de alegria, e anunciou o remédio que restituiria à princesa sua beleza perdida. O rei o abraçou com ímpeto e lhe prometeu um punhal de diamantes, quatro condecorações e também dois trajes de domingo novos.

"— Assim que eu terminar o almoço — acrescentou ele em tom amigável — vamos dar início aos procedimentos. Querido alquimista, trate de trazer o jovem que nunca foi barbeado e usa sapatos, com a noz Krakatuk, e não permita que ele tome vinho antes de se apresentar, para evitar que tropece quando recuar sete passos como um caranguejo. Depois disso, ele poderá beber o quanto quiser!

"Drosselmeier ficou muito abalado com as palavras do rei e, não sem estremecer e sem hesitar, ele gaguejou que os meios para a cura já tinham sido descobertos, mas que ambos, a noz Krakatuk e o jovem rapaz a quem caberia quebrá-la, ainda precisavam ser procurados, sendo que não havia certeza de que a noz e o quebra-nozes realmente seriam encontrados. Furioso, o rei ergueu o cetro sobre sua cabeça coroada, rugindo com voz de leão:

"— Então você será decapitado!

"Para a sorte do apavorado e aterrorizado Drosselmeier, justamente nesse dia a comida tinha agradado muito ao rei, de maneira que ele se encontrava de muito bom humor, disposto a dar ouvidos a ideias sensatas, que a generosa rainha, comovida pelo destino de Drosselmeier, não deixou

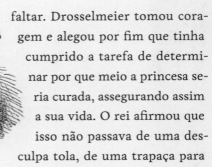

faltar. Drosselmeier tomou coragem e alegou por fim que tinha cumprido a tarefa de determinar por que meio a princesa seria curada, assegurando assim a sua vida. O rei afirmou que isso não passava de uma desculpa tola, de uma trapaça para ingênuos, mas, por fim, depois de tomar um copinho de digestivo, resolveu que o relojoeiro e o astrônomo deviam pôr-se a caminho, só voltando quando tivessem em seu bolso a noz Krakatuk. E o homem a quem caberia quebrá-la com os dentes, por intervenção da rainha, haveria de ser encontrado através de vários anúncios em gazetas e boletins, tanto locais quanto estrangeiros."

Com isso o Desembargador interrompeu novamente sua narrativa, prometendo continuar na noite seguinte.

Conclusão da história
da noz de casca dura

E na noite seguinte, mal as luzes tinham sido acesas, o Padrinho Drosselmeier apareceu de novo e continuou a contar:

– Já havia quinze anos que Drosselmeier e o astrônomo estavam à procura da noz Krakatuk, sem tê-la encontrado. Eu poderia lhes falar por quatro semanas a fio, crianças, sobre todos os lugares onde eles estiveram e sobre todas as coisas estranhas e peculiares que lhes aconteceram, mas não vou fazer isso e sim lhes contar imediatamente que Drosselmeier, por fim, em sua grande tristeza, sentiu uma enorme saudade de sua cidade natal, Nuremberg. Essa saudade o tomou especialmente quando ele se encontrava em companhia de seu amigo, fumando um cachimbo de tabaco, em meio a uma grande floresta na Ásia.

"– Ah! Linda, linda Nuremberg! Linda cidade natal! Quem nunca a viu, ainda que tenha viajado muito para Londres, Paris e Petrovaradin, se seu coração não tiver morrido, terá sempre saudades de você, de você, Nuremberg, linda cidade de lindas casas com lindas janelas!

"E, enquanto Drosselmeier se lamentava com tanta tristeza, o astrônomo se viu tomado de grande piedade e começou a chorar também, e tão alto era seu choro que se ouvia em toda a Ásia. Mas então ele se controlou, secou as lágrimas e perguntou:

"– Mas, estimado colega, por que estamos os dois sentados aqui chorando? Por que não vamos para Nuremberg? Afinal, tanto faz onde e como estejamos à procura da terrível noz Krakatuk!

"– É verdade! – respondeu Drosselmeier consolando-se.

"Os dois logo se levantaram, bateram as cinzas que restavam em seus cachimbos e seguiram em linha reta, desde a floresta no meio da Ásia até Nuremberg. Mal chegaram lá, Drosselmeier foi correndo em busca do seu primo, o fabricante de marionetes, pintor e dourador Christoph

Zacharias Drosselmeier, a quem ele não via há muitos e muitos anos. O relojoeiro lhe contou toda a história da princesa Pirlipat, de dona Camundongora e da noz Krakatuk, de modo que o outro, levando repetidamente as mãos à cabeça, gritou espantado:

"— Primo, primo! Que coisas admiráveis!

"Drosselmeier continuou a contar sobre as aventuras de sua longa viagem, sobre os dois anos que tinha passado com o rei das tâmaras, como tinha sido friamente recebido pelo príncipe das amêndoas, sobre suas demandas infrutíferas junto à Sociedade de Pesquisas da Natureza na Terra dos Esquilos, enfim, sobre seu malogro, em toda parte, na busca por uma pista que fosse da noz Krakatuk. Enquanto ele contava, Christoph Zacharias tinha estalado os dedos e a língua, virando de um lado para outro num pé só e dizendo:

"— Mmm, mmm, ih! Ai! Oh! Isso seria o diabo!

"Por fim, ele lançou para o alto a boina e a peruca, abraçou o primo impetuosamente e gritou:

"— Primo, primo, você está salvo, você está salvo, eu lhe digo, pois, a não ser que eu esteja muito enganado, acredito que eu mesmo tenha a noz Krakatuk.

"Imediatamente ele foi apanhar uma caixinha, da qual tirou uma noz dourada de tamanho mediano.

"— Veja! — disse ele mostrando a noz a seu primo. — Veja! A história dessa noz é a seguinte: há muitos e mui-

tos anos, apareceu aqui, à época do Natal, um estrangeiro com um saco cheio de nozes que ele ofereceu para venda. Bem na frente da minha loja de marionetes, ele se meteu numa briga e colocou no chão seu saco de nozes para assim poder se defender melhor do vendedor de nozes local, que não podia suportar que um estrangeiro estivesse vendendo nozes e que, por esse motivo, o atacou. No mesmo instante, uma carruagem de carga muito pesada passou sobre o saco de nozes do estrangeiro e todas as suas nozes se quebraram, exceto uma, que o estrangeiro me ofereceu com um sorriso estranho nos lábios, pedindo em troca uma reluzente moeda de vinte do ano de 1720. Achei isso admirável, encontrei dentro do meu bolso justo uma moeda de vinte assim como o homem queria, comprei a noz e a folheei com ouro, sem saber exatamente por que eu pagara um preço tão elevado por uma noz e por que lhe dava tanto valor.

"Todas as dúvidas de que a noz do primo fosse realmente a tão procurada noz Krakatuk se dissiparam num instante quando o astrônomo da Corte, que foi chamado, raspou o dourado da noz e encontrou na casca a palavra Krakatuk, grafada em caracteres chineses. Grande foi a alegria do viajante, e seu primo  sentiu-se o homem mais feliz do mundo quando Drosselmeier lhe garantiu que ele estava feito, pois, além de uma pensão considerável, também passaria a receber, gratuitamente, todo o ouro do qual necessitasse para folhear seus trabalhos. O alquimista e o astrônomo já tinham colocado suas toucas de dormir e iam para a cama quando o último, isto é, o astrônomo, disse:

"– Caro colega, uma sorte nunca vem desacompanhada. Acredite, não só encontramos a noz Krakatuk, como também o jovem que a quebrará com os dentes e entregará o coração da noz da beleza à princesa! Refiro-me ao filho do seu primo! Não, não, agora não vou dormir – continuou ele entusiasmado. – Ainda hoje vou traçar o horóscopo desse jovem.

"Dizendo essas palavras, ele arrancou a touca da cabeça e logo começou a fazer suas observações. O filho do primo era de fato um jovem formoso, que nunca tinha sido barbeado e nunca tinha usado botas. Em sua adolescência, ele tinha se fantasiado de marionete algumas vezes no Natal, mas isso não deixara nenhuma marca em seu comportamento, pois ele tinha sido muito bem educado pelo pai. Durante os dias de Natal, ele usava um lindo paletó vermelho com enfeites dourados, um punhal, um chapéu debaixo do braço e uma peruca com um penteado esplêndido. Assim ele ficava, muito elegante, na loja do pai e, para ser galante como era de seu feitio, quebrava nozes para as jovens, motivo pelo qual elas também o chamavam de O Belo Quebra-Nozes. Na manhã seguinte, o astrônomo, encantado, abraçou o alquimista e gritou:

"– É ele! Nós o encontramos! Só há duas coisas que não podemos esquecer, querido colega. Em primeiro lugar, você precisará preparar para seu sobrinho uma robusta trança, de madeira, que

esteja ligada à sua mandíbula de tal maneira que, movendo a trança, ele possa mover a mandíbula com grande força. E então, quando chegarmos à Corte, também precisaremos manter no mais estrito segredo o fato de que trouxemos conosco o jovem que é capaz de quebrar a noz Krakatuk a dentadas. É melhor que ele chegue depois de nós. Estou lendo no horóscopo que o rei, depois que alguns tentarem sem sucesso quebrar a noz Krakatuk com seus dentes, prometerá a princesa em casamento àquele que for capaz de quebrar a noz e restituir-lhe a beleza perdida, fazendo dele sucessor no trono.

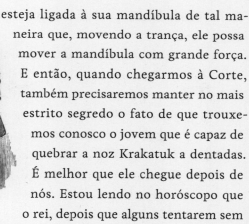

"O primo das marionetes ficou satisfeitíssimo em saber que seu filho haveria de se casar com Pirlipat, tornando-se príncipe e rei, e por isso o deixou à inteira disposição dos emissários do rei. A trança postiça que Drosselmeier fixou na mandíbula do jovem e esperançoso sobrinho funcionava muito bem, e ele fez bem-sucedidos testes com os mais duros caroços de pêssegos.

"Como Drosselmeier e o astrônomo tinham logo notificado à Corte o descobrimento da noz Krakatuk, os devidos decretos haviam sido promulgados imediatamente, de maneira que, quando os dois viajantes chegaram com o elixir da beleza, muitos jovens formosos, até mesmo príncipes, já tinham se apresentado, confiantes em suas mandíbulas saudáveis, para tentar desfazer o feitiço que recaíra sobre a princesa. Os emissários se assustaram muito ao reverem a princesa. O corpinho com as mãos e os pés minúsculos mal era capaz de suportar o peso da cabeça deformada. A feiura do rosto tornara-se ainda maior por causa de uma barba branca de algodão que surgira em torno da boca e do queixo. Tudo aconteceu conforme o astrônomo previra em seu horóscopo. Os rapazes imberbes calçados de sapatos mordiam a noz Krakatuk, um depois do outro, até ferirem os dentes e as mandíbulas, sem com isso ajudar em nada a princesa, e então, quando um jovem desses era retirado meio desmaiado pelos dentistas, que tinham sido especialmente convocados, ele suspirava:

"– Que dureza!

"Quando o rei então, tomado de medo em seu coração, prometeu sua filha e seu reino àquele que fosse capaz de desfazer o feitiço, o delicado e bem-comportado jovem Drosselmeier apresentou-se e pediu para tentar realizar a proeza. Nenhum dos jovens agradara tanto à princesa Pirlipat quanto o jovem Drosselmeier. Ela pousou a mãozinha sobre o coração e suspirou profundamente:

"– Ah! Se *esse* fosse capaz de quebrar a noz Krakatuk, tornando-se meu marido!

"Depois de cumprimentar muito cortesmente o rei, a rainha e em seguida a princesa Pirlipat, o jovem Drosselmeier

recebeu das mãos do chefe do cerimonial a noz Krakatuk, colocou-a sem mais demora entre os dentes, puxou a trança postiça e – krak! krak! – partiu sua casca em muitos pedaços. Cuidadosamente ele limpou a polpa, retirando os fiapos que ainda se encontravam ali, e a entregou  com um rapapé respeitoso à princesa. Cerrou então os olhos e começou a recuar. Imediatamente a princesa comeu a noz e – oh milagre! – a feiura desapareceu, dando lugar a uma mulher de uma beleza angelical, cujo rosto parecia tecido de fios de seda brancos como lírios e vermelhos como rosas, com olhos de turquesa, e lindos cabelos cacheados e dourados.

Trombetas e tambores se somaram à grande alegria do povo. O rei e toda a sua Corte puseram-se a dançar sobre uma perna só, como no dia do nascimento de Pirlipat, e a rainha teve que ser atendida com água-de-colônia porque tinha desmaiado de alegria e enlevo. O grande tumulto atrapalhou bastante o jovem Drosselmeier, que ainda não tinha terminado de dar seus sete passos para trás, mas ainda assim ele conseguiu manter-se equilibrado e acabara de levantar o pé direito para dar o sétimo passo quando a horrível dona Camundongora surgiu do assoalho chiando e pipilando, de tal forma que, quando Drosselmeier estava prestes a colocar o pé no chão, pisou nela e tropeçou de tal maneira que quase caiu. Que desgraça! Em menos de um instante, o jovem ficou tão feio e tão deformado quanto fora até então a princesa Pirlipat. Seu corpo se encolheu e mal conseguia suportar o peso da cabeça inchada e feia, com grandes olhos arregalados e a bocarra horrivelmente alargada e aberta. Em vez da trança, pendia sobre suas costas um casaquinho estreito de madeira, por meio do qual ele comandava o movimento de sua mandíbula. O relojoeiro e o astrônomo ficaram apavorados, fora de si, mas viram como dona Camundongora, ensanguentada, se revirava no chão. Sua maldade não tinha ficado sem vingança, pois o jovem Drosselmeier a atingira com tal força na garganta com o salto pontiagudo de seu sapato que ela foi ferida mortalmente. Mas, enquanto agonizava, dona Camundongora guinchava e gritava:

"— Oh, Krakatuk, osso duro de roer, que agora me fará morrer, hic, hic, pic, pic, Quebra-Nozes de pequena sorte, você também logo será levado pela morte! Meu filhinho, com suas sete coroas, vai lhe aplicar uma vingança das boas. Ah, vida, tão jovem e já chegou meu dia, oh, que agonia! Cuick!

"Com esse grito, dona Camundongora morreu e foi levada embora pelo fornalheiro real. Ninguém tinha se preocupado com o jovem Drosselmeier, mas a princesa lembrou o rei de sua promessa e ele imediatamente deu ordens para que o jovem herói fosse trazido à sua presença. Mas quando o infeliz apareceu, totalmente deformado, a princesa cobriu o rosto com as duas mãos e gritou:

"— Fora, fora daqui com o Quebra-Nozes horroroso!

"O marechal da Corte imediatamente o agarrou pelos pequenos ombros e o lançou da porta para fora. O rei estava furioso por terem tentado lhe impor como genro um quebra-nozes e atribuiu a culpa pelo desastre ao relojoeiro e ao astrônomo, banindo-os para sempre da corte. Isso não estava previsto no horóscopo que o astrônomo traçara em Nuremberg. Ele, porém, não se absteve de fazer novas

observações e achou que as estrelas
lhe diziam que o jovem Drosselmeier haveria de se dar muito
bem em seu novo estado e
que, apesar de sua feiura,
viria a ser príncipe e
rei. Mas suas deforma-
ções só desapareceriam
quando o filho de dona

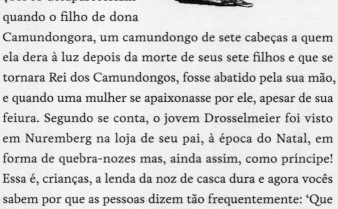

Camundongora, um camundongo de sete cabeças a quem
ela dera à luz depois da morte de seus sete filhos e que se
tornara Rei dos Camundongos, fosse abatido pela sua mão,
e quando uma mulher se apaixonasse por ele, apesar de sua
feiura. Segundo se conta, o jovem Drosselmeier foi visto
em Nuremberg na loja de seu pai, à época do Natal, em
forma de quebra-nozes mas, ainda assim, como príncipe!
Essa é, crianças, a lenda da noz de casca dura e agora vocês
sabem por que as pessoas dizem tão frequentemente: 'Que
dureza!" E também por que os quebra-nozes são tão feios.'

Assim o Desembargador concluiu sua história. Marie
achou que a princesa Pirlipat era, na verdade, uma pessoa
horrível e ingrata. Fritz, por sua vez, afirmou que, se o
Quebra-Nozes realmente quisesse se portar com um homem
valente, não haveria de demorar para se vingar do Rei dos
Camundongos e logo recuperaria sua linda forma anterior.

Tio e sobrinho

Se já aconteceu a algum de meus honoráveis leitores ou ouvintes o acidente de se cortarem com vidro, saberão quanto dói um ferimento assim, e quanto é terrível e difícil de sarar. Marie teve que permanecer acamada durante uma semana inteira porque, a cada vez que ela se levantava, sentia tonturas. Mas, por fim, ela recuperou completamente a saúde e, alegre como antes, voltou a pular de um lado para outro em seu quarto. O armário envidraçado estava mais lindo do que nunca, repleto de árvores e de flores e de casas brilhantes e de lindas e reluzentes bonecas. E, sobretudo, Marie reencontrou seu querido Quebra-Nozes, que estava de pé, na segunda prateleira, e lhe sorria com seus dentes perfeitamente restaurados. Enquanto ela olhava para seu predileto, o coração pulsando de alegria, ocorreu-lhe que tudo aquilo que o Padrinho Drosselmeier contara era nada menos do que a história do Quebra-Nozes e de sua disputa com dona Camundongora e seu filho, o que a assustou muito. Agora ela sabia que o Quebra-Nozes não era ninguém senão o jovem Drosselmeier de Nuremberg, o lindo sobrinho do Padrinho Drosselmeier que tinha sido enfeitiçado por dona Camundongora — pois, desde que ouvira a história, Marie não duvidara um instante sequer de que o habilidoso relojoeiro da Corte do pai de Pirlipat era, justamente, o próprio Desembargador Drosselmeier.

— Mas por que seu tio não o ajudou? Por quê? — perguntava Marie lamentando-se, enquanto se tornava cada vez mais claro para ela que, naquela batalha que ela testemunhara, o que estava em jogo eram o Reino e a Coroa do Quebra-Nozes.

Afinal, não era por acaso verdade que todos os demais bonecos eram seus vassalos, que a profecia do astrônomo da Corte se realizara e que o jovem Drosselmeier se tornara o rei no reino dos bonecos? Enquanto Marie considerava todas essas coisas, ela também teve certeza de que, a partir do instante em que acreditasse que o Quebra-Nozes e seus vassalos tinham vida, eles haveriam de viver e de se movimentar. Não foi isso, porém, o que aconteceu: tudo o que havia dentro do armário continuou paralisado. Marie, longe de mudar de ideia, atribuiu esse fato ao feitiço de dona Camundongora e de seu filho de sete cabeças.

— Sim — disse ela em voz alta ao Quebra-Nozes —, mesmo que o senhor não seja capaz de se mexer ou de dizer uma palavra sequer, caro sr. Drosselmeier, tenho certeza de que o senhor me compreende e de que sabe muito bem de minhas boas intenções para com o senhor. Pode contar com minha ajuda para o que precisar. No mínimo pedirei ao tio para interferir, com suas habilidades, no que se fizer necessário.

O Quebra-Nozes permaneceu tranquilo e silencioso, mas Marie teve a impressão de que um leve suspiro vibrou no interior do armário envidraçado, fazendo reverberar também, de forma maravilhosa e quase inaudível, as vidraças, e de que uma vozinha aguda como a de um sino cantava:

— Minha pequena Marie, meu anjinho da guarda, serei seu, minha Marie.

Marie sentiu nos calafrios que desciam por suas costas um estranho bem-estar. A noite já caía e o dr. Stahlbaum entrou em casa, acompanhado pelo Padrinho Drosselmeier; em pouco tempo a mesa para o chá já estava posta por Luise, e a família reunida, e todos conversavam animados. Marie havia puxado sua cadeirinha em silêncio e se sentado ao pé do Padrinho Drosselmeier. Num instante em que todos se calaram, com seus grandes olhos azuis ela fixou o Desembargador e disse:

— Agora eu sei, querido Padrinho Drosselmeier, que meu Quebra-Nozes é seu sobrinho, o jovem Drosselmeier de Nu-

remberg. Ele se tornou príncipe, ou melhor, rei; o que o astrônomo, seu colega, tinha previsto se realizou, mas você sabe muito bem que ele está em guerra declarada contra o horrível Rei dos Camundongos. Por que você não o ajuda?

Então Marie narrou de novo todo o transcurso da batalha que presenciara, sendo frequentemente interrompida pelas gargalhadas da Mãe e de Luise. Só Fritz e Drosselmeier permaneciam sérios.

— Mas de onde vêm todas estas ideias malucas? — disse o Pai.

— Vejam só! — respondeu a Mãe. — Que imaginação viva essa menina tem! Na verdade, trata-se apenas de devaneios causados pela febre.

— Nada disso é verdade — disse Fritz. — Meus hussardos vermelhos não são covardes. Com mil raios e trovões! Que lição eu lhes daria se eles fossem assim!

Mas, com um sorriso estranho, o Padrinho Drosselmeier pegou no colo a pequena Marie e lhe disse, num tom mais delicado do que nunca:

— Oh! Querida Marie! A você foi dado mais do que a mim e a todos nós, pois, assim como Pirlipat, você é uma princesa, e rege um reino lindo e radiante. Mas você sofrerá muito tomando o partido do pobre e deformado Quebra-Nozes, pois o Rei dos Camundongos o persegue de todas as formas e maneiras possíveis e imagináveis. No entanto não sou eu quem o poderá salvar. Só a você cabe essa tarefa! Por isso, seja fiel e não esmoreça!

Nem Marie, nem ninguém foi capaz de compreender o que Drosselmeier queria dizer com essas palavras. Na verdade, tudo pareceu tão estranho ao dr. Stahlbaum que ele tomou o pulso do Desembargador e disse:

— Caríssimo amigo, você está sofrendo de graves congestões na cabeça. Vou lhe prescrever um remédio.

Só sua esposa balançou a cabeça e disse, em voz baixa:

— Presumo o que o Desembargador quer dizer, mas não sou capaz de expressá-lo claramente.

A VITÓRIA

Não demorou muito para que Marie fosse despertada, em meio à noite enluarada, por umas estranhas batidas que pareciam vir de um dos cantos do quarto. Era como se alguém estivesse lançando pedrinhas e rolando-as de um lado para outro. E, em meio a esse ruído, ouviam-se também chiados e pequenos guinchos.

– Ah! Os camundongos, os camundongos estão de volta – exclamou Marie assustada, e queria chamar sua Mãe.

Mas a voz falhou e ela ficou paralisada ao ver o Rei dos Camundongos, que saiu com esforço de um buraco na parede e logo se pôs a saltitar pelo quarto, os olhos e as coroas reluzindo, pulando então com um movimento brusco para cima da mesinha junto à cama de Marie.

– Hi, hi, hi, pequena, dê-me seus confeitos e o seu marzipã, senão vou despedaçar a dentadas o seu Quebra-Nozes, o seu Quebra-Nozes!

Assim sibilou o Rei dos Camundongos, que rangeu horrivelmente os dentes e logo desapareceu em seu buraco. Marie ficou tão assustada com a horrenda aparição que acordou pálida na manhã seguinte e, de tão perturbada, mal era capaz de pronunciar uma palavra. Cem vezes quis contar o que lhe acontecera à Mãe, a Luise ou, pelo menos, a Fritz, mas pensou: "Será que alguém acreditará em mim? Ou vão rir na minha cara?"

Mas era evidente para ela que, para salvar o Quebra-Nozes, teria que abrir mão dos seus confeitos e do seu marzipã. Na noite seguinte, ela colocou tudo o que tinha junto à borda do armário. De manhã a Mãe disse:

— Não sei de onde vêm, de repente, todos esses camundongos que entram em nossa sala de estar. Veja, minha pobre Marie, eles comeram todos os seus confeitos!

E de fato. O marzipã recheado não agradara ao guloso Rei dos Camundongos, mas ele o roera com seus dentes afiados, de modo que foi preciso jogá-lo fora. Marie pouco se importava com os confeitos. Ela estava feliz porque acreditava que seu Quebra-Nozes tivesse sido salvo. Mas imaginem o que ela sentiu à noite, quando começou a ouvir chiados e guinchos próximo aos seus ouvidos. Ah! O Rei dos Camundongos estava novamente ali, e seus olhos faiscavam ainda mais terríveis que na noite anterior, e de maneira ainda mais repugnante ele sibilou entre os dentes:

— Você tem que me entregar suas bonecas de açúcar e as bonecas de goma, pequena, senão vou despedaçar a dentadas o seu Quebra-Nozes, o seu Quebra-Nozes!

E, dizendo isso, o assustador Rei dos Camundongos voltou a desaparecer!

Marie ficou muito perturbada. Na manhã seguinte, foi até o armário e, melancólica, olhou para suas bonecas de açúcar e de goma. Sua tristeza era justificada, pois, minha atenta ouvinte Marie, você não acreditaria como eram adoráveis as figurinhas de açúcar e de goma que a pequena Marie Stahlbaum possuía. Ali estavam um lindo pastor com sua pastora e todo um rebanho de ovelhinhas brancas como o leite que pastavam junto a eles, enquanto seu cãozinho saltitava alegremente. Dois carteiros com cartas nas mãos se aproximavam. E quatro casaizinhos, jovens muito bem-vestidos com mocinhas esplendidamente arrumadas, giravam numa roda-gigante. Atrás de alguns dançarinos estava ainda o estalajadeiro Feldkümmel, junto com a donzela de Orleans, para os quais Marie não ligava muito, mas bem no cantinho estava uma criancinha de bochechas rosadas que era a sua predileta, e lágrimas surgiram em seus olhos.

– Ah! – exclamou ela voltando-se para o Quebra-Nozes. – Querido sr. Drosselmeier, eu seria capaz de fazer qualquer coisa para salvá-lo, mas como isso é difícil!

O Quebra-Nozes fez uma cara tão chorosa que Marie, sentindo como se tivesse visto as sete bocas abertas do Rei dos Camundongos prestes a engolir o infeliz jovem, resolveu sacrificar tudo. Assim como fizera com os confeitos, ao anoitecer ela botou todos os bonecos de açúcar junto à borda do armário. Beijou o pastor, a pastora, as ovelhinhas e, por fim, apanhou seu predileto, a criancinha de goma que estava no canto, colocando-a, porém, atrás dos demais. O estalajadeiro Feldkümmel e a donzela de Orleans foram dispostos na primeira fileira.

– Não, isso é muito grave! – exclamou a Mãe na manhã seguinte. – Deve haver um grande e terrível camundongo dentro do armário, pois todos os lindos bonecos de açúcar da pobre Marie estão roídos e despedaçados.

Marie não foi capaz de conter as lágrimas, mas logo voltou a sorrir, porque pensou: "Nada disso me importa se o Quebra-Nozes estiver salvo!"

À noite, quando a Mãe contou ao Desembargador sobre os danos causados por um camundongo no armário das crianças, o dr. Stahlbaum disse:

— É abominável! Como é possível que não sejamos capazes de dar fim a esse camundongo terrível que está vivendo em nosso armário e devorando os doces de Marie?

— Ah! — disse então Fritz bem-humorado. — O padeiro ali de baixo tem um excelente secretário de legação, cinzento e felpudo! Vou trazê-lo aqui e ele logo vai acabar com isso e arrancar a cabeça do camundongo, seja a própria dona Camundongora ou seu filho, o Rei dos Camundongos!

— E também saltar sobre as cadeiras e as mesas e derrubar as xícaras e os copos e causar mil outros danos — emendou a Mãe, rindo.

— Não! — retrucou Fritz. — O secretário de legação do padeiro é um sujeito habilidoso. Eu bem que gostaria de ser capaz de caminhar sobre telhados e cumeeiras tão elegantemente quanto ele.

— Só não me traga um gato aqui à noite! — pediu Luise, que não suportava gatos.

— Na verdade — disse o Pai —, na verdade, Fritz tem razão. E, enquanto isso, nós poderíamos colocar uma ratoeira. Não temos uma ratoeira?

— O melhor é que o Padrinho Drosselmeier nos faça uma, pois foi ele quem as inventou! — exclamou Fritz.

Todos riram, e quando a Mãe garantiu que não havia nenhuma ratoeira na casa o Desembargador declarou que possuía várias, e, de fato, imediatamente mandou buscarem uma excelente em sua casa. Fritz e Marie lembraram-se nitidamente da história da noz de casca dura que o Padrinho lhes contara. Enquanto a cozinheira assava o toucinho, Marie estremecia e, pensando na história e em todas aquelas coisas maravilhosas, disse à velha Dora:

— Ah! Sra. rainha, cuidado com dona Camundongora e sua família!

Mas Fritz desembainhou sua espada e falou:

— Eles que ousem aparecer aqui e vão ver o que faço!

Tudo, porém, permaneceu calmo, sobre o fogão e também debaixo dele. Quando o Desembargador prendeu o toucinho a um fio bem fino, colocando a ratoeira cuidadosamente dentro do armário envidraçado, Fritz exclamou:

— Cuidado, Padrinho relojoeiro, com as artimanhas do Rei dos Camundongos!

Que sofrimentos teve que suportar Marie na noite seguinte! Alguma coisa gelada cutucava seu braço, e depois parava, áspera e nojenta, em seu rosto, chiando e guinchando em seu ouvido. O pavoroso Rei dos Camundongos se sentou em seu ombro e suas sete bocas escancaradas salivavam, vermelhas como sangue, batendo e rangendo os dentes, sibilando no ouvido de Marie, que estava apavorada e paralisada de medo:

— Sou sabido, bem sabido! Na casa não vou entrar, nem o banquete provar ou me deixar prender. Me entregue seus livrinhos e também seu vestidinho, senão você vai ver. Seu Quebra-Nozes querido em pedaços vou roer! Hic, hic, pi, pi, cuick, cuick!

Marie ficou aflita, desolada, e na manhã seguinte estava muito pálida e sobressaltada quando a Mãe disse:

— Ainda não conseguimos apanhar o terrível camundongo.

Acreditando que Marie estivesse aborrecida por causa dos seus confeitos e, além disso, com medo do camundongo, ela acrescentou:

— Mas fique tranquila, filha querida. Já vamos nos livrar dele. Se as ratoeiras não funcionarem, pediremos a Fritz para trazer o secretário de legação cinzento e felpudo.

Mal Marie se viu sozinha na sala de estar, aproximou-se do armário envidraçado, soluçando, e disse ao Quebra-Nozes:

— Ah, meu querido e bondoso sr. Drosselmeier, o que eu, pobre e infeliz menina, posso fazer pelo senhor? Mesmo que eu entregue todos os meus livros de figuras, e até mesmo o lindo vestidinho novo que me foi dado de presente pelo Cristo Santo, ao pavoroso Rei dos Camundongos para que ele os despedace, ele virá com novas exigências e, ao final, eu vou ficar sem nada, e então ele vai querer *me* despedaçar a dentadas! Oh! Pobre de mim, o que fazer? O que fazer?

Enquanto gemia e se lamentava, a pequena Marie percebeu que, desde aquela noite, uma mancha de sangue ficara no pescoço do Quebra-Nozes. Desde que descobrira que o Quebra-Nozes na verdade era o jovem Drosselmeier, o sobrinho do Desembargador, ela deixara de tomá-lo nos braços e de beijá-lo e acariciá-lo. Acanhada, até evitava tocá-lo. Agora, no entanto, ela o retirou com cuidado da prateleira e pôs-se a limpar a mancha de sangue com seu lencinho. Mas que susto ela tomou ao perceber, de repente, que o pequeno Quebra-Nozes se aqueceu em sua mão e começou a se mexer! Rapidamente ela o colocou de volta na prateleira, e então sua boca começou a se mexer para lá e para cá e com muito esforço ele disse, ciciando:

— Ah, caríssima srta. Stahlbaum, excelente amiga, como lhe sou grato! Não, não sacrifique por minha causa nem seus livros de figuras, nem seu vestidinho! Consiga uma espada para mim, uma espada, e deixe o resto por minha conta. Que ele... — e então a voz do Quebra-Nozes silenciou e seus olhos, que ainda agora tinham uma expressão de profunda tristeza, tornaram-se novamente mortos e paralisados. Marie não sentiu medo algum. Ao contrário, deu saltos de alegria, pois agora sabia o que fazer para salvar o Quebra-Nozes sem mais dolorosos sacrifícios. Mas onde obter uma espada para o pequeno?

Marie resolveu aconselhar-se com Fritz, e, ao anoitecer, quando os dois estavam sozinhos na sala de estar junto ao armário envidraçado, porque os pais tinham saído, ela lhe contou tudo o que acontecera com o Quebra-Nozes e com o Rei dos Camundongos, e de que dependia a salvação do Quebra-Nozes. Mas nada preocupava Fritz mais do que saber que, de acordo com o relato de Marie, seus hussardos tinham se portado tão mal no combate. Ele perguntou mais uma vez com muita seriedade se tudo tinha de fato sido como ela dizia, e, depois que Marie lhe deu sua palavra, Fritz foi rapidamente até o armário, fez um discurso emocionado aos seus hussardos e então, como castigo por seu egoísmo e covardia, cortou as insígnias de seus chapéus, um por um, e proibiu-os também de fazer soar, por um ano inteiro, a "Marcha da guarda dos hussardos". Depois de concluídas as punições, voltou-se de novo para Marie, dizendo:

— Quanto à espada, posso ajudar o Quebra-Nozes, pois ainda ontem aposentei um velho coronel da infantaria armada, que portanto não mais necessitará de sua bela e afiada espada.

O referido coronel consumia a pensão que lhe fora concedida por Fritz num cantinho afastado da terceira prateleira. De lá ele foi apanhado, e sua espada de prata, realmente bela, lhe foi tomada e pendurada na cintura do Quebra-Nozes.

De tanto medo, Marie foi incapaz de adormecer. Por volta de meia-noite, teve a impressão de ouvir estranhos ruídos, tinidos e sussurros na sala de estar. E então:

— Cuick!

— O Rei dos Camundongos! O Rei dos Camundongos! — exclamou Marie, saltando horrorizada da cama.

Tudo silenciou, mas logo ela ouviu umas batidas muito delicadas na porta e uma vozinha muito aguda:

— Querida srta. Stahlbaum, abra a porta! Trago boas notícias!

Marie reconheceu a voz do jovem Drosselmeier, cobriu-se com um casaquinho e correu para abrir a porta. O pequeno Quebra-Nozes estava lá, segurando na mão direita a espada sangrenta e, na esquerda, uma pequena lamparina. Tão logo ele avistou Marie, ajoelhou-se e disse:

— A senhora, minha dama, foi a senhora sozinha que fortaleceu minha coragem de cavaleiro e deu força a meu braço para combater essa criatura arrogante que ousou perturbá-la. O traiçoeiro Rei dos Camundongos foi derrotado e está se revirando em seu próprio sangue! Não se recuse, minha dama, a aceitar os sinais da vitória das mãos de seu cavaleiro, que lhe será fiel até a morte!

Com isso o Quebra-Nozes apanhou com muita destreza as sete coroas do Rei dos Camundongos, que estavam dependuradas em seu braço esquerdo, e as

entregou a Marie, que as aceitou com muita alegria. O Quebra-Nozes levantou-se e continuou:

— Ah! Minha prezada srta. Stahlbaum! Que coisas maravilhosas eu teria para lhe mostrar agora que derrotei meu inimigo, se a senhora tiver a bondade de me acompanhar por alguns passos! Por favor, acompanhe-me, oh nobre senhorita!

O REINO DOS BONECOS

Acho que nenhuma de vocês, crianças, teria hesitado por um momento sequer em seguir o bom e honesto Quebra-Nozes, que jamais poderia ter qualquer tipo de má intenção. Foi o que fez Marie, ainda mais sabendo como ele lhe estava agradecido e por estar convicta de que ele haveria de manter sua palavra, mostrando-lhe muitas maravilhas. Por isso, ela falou:

— Vou acompanhá-lo, sr. Drosselmeier, mas não posso ir muito longe nem demorar muito, porque ainda não dormi o suficiente.

— Por isso — respondeu o Quebra-Nozes — vou escolher o caminho mais curto, embora seja um pouco difícil.

Ele foi à frente e Marie o seguiu, até que ele se deteve diante do velho e grande armário de roupas que ficava no corredor. Para seu grande espanto, Marie se deu conta de que as portas desse armário, que em geral ficavam bem trancadas, estavam escancaradas, de maneira que ela pôde ver claramente o casaco de viagem de seu Pai, feito de pele de raposa, que estava pendurado bem à frente. Com muita destreza, o Quebra-Nozes galgou a borda do armário apoiando-se em seus ornamentos, até agarrar a grande borla que pendia de um fio grosso na parte posterior do casaco de peles. Assim que o Quebra-Nozes puxou essa borla com força, uma graciosa escadaria de cedro desceu da manga do casaco.

– Tenha a bondade de subir, nobre senhorita! – exclamou o Quebra-Nozes.

Marie pôs-se a subir, e mal tinha percorrido o interior da manga, mal passou a cabeça pelo colarinho, uma luz ofuscante brilhou em sua direção, e subitamente ela se viu num maravilhoso prado perfumado do qual partiam milhões de faíscas, como se fossem pedras preciosas piscando.

– Estamos no prado do Açúcar – disse o Quebra-Nozes –, mas logo vamos passar por aquele portal.

Só então, levantando os olhos, Marie avistou, erguendo-se sobre o prado, o lindo portal que se encontrava a apenas alguns passos de distância. Parecia inteiramente de mármore branco e marrom, e com alguns salpicados, mas quando Marie se aproximou percebeu que era todo de amêndoas confeitadas e passas, motivo pelo qual, como lhe garantiu o Quebra-Nozes, o portal que estavam cruzando era conhecido como o Portal das Amêndoas e Passas. Pessoas indelicadas o chamavam jocosamente de Portal da Merenda. Numa galeria que saía desse portal, aparentemente feita de açúcar de cevada, seis macaquinhos trajados com jaquetas vermelhas tocavam a mais linda música turca que já se ouviu, de forma que Marie mal percebeu que avançava por azulejos coloridos de mármore que, na verdade, não eram nada além de rapadura belamente trabalhada. Logo eles se viram cercados pelos mais doces aromas, exalados por uma esplêndida florestinha que se estendia dos dois lados do caminho. Em meio à folhagem escura, brilhavam e faiscavam frutas douradas e prateadas, pendendo de ramos coloridos, e os troncos e os galhos das árvores estavam enfeitados com fitas coloridas e buquês de flores, como se fossem alegres noivos e divertidos convidados de uma festa de casamento. E, enquanto o perfume das laranjeiras se espalhava como uma brisa ondulante, os ramos e as folhas cantarolavam e o ouro tilintava e reluzia, soando como uma música de júbilo que fazia as luzinhas faiscantes dançarem e saltarem.

– Que lugar lindo! – exclamou Marie feliz e encantada.

– Estamos na floresta do Natal, prezada senhorita – disse o pequeno Quebra-Nozes.

– Ah! – continuou Marie. – Quem me dera ficar um pouco aqui! Esse lugar é tão bonito!

O Quebra-Nozes bateu palmas com suas mãozinhas e imediatamente se aproximaram alguns pequenos pastores e pastorinhas, caçadores e caçadoras, tão delicados e

brancos que se podia acreditar que fossem feitos de puro açúcar e que, embora estivessem passeando pela floresta, ainda não tinham sido percebidos por Marie. Eles então trouxeram uma adorável poltrona dourada, sobre a qual colocaram uma almofada branca de alcaçuz, e com muita gentileza convidaram Marie a se sentar. Mal ela o fez, os pastores e as pastoras começaram a dançar um gracioso balé, enquanto os caçadores tocavam seus instrumentos de sopro com grande habilidade, e então todos eles desapareceram por trás das árvores.

– Peço perdão – disse o Quebra-Nozes –, peço perdão, ilustre srta. Stahlbaum, por esse balé ter sido tão mal apresentado, mas os bailarinos eram todos do nosso balé de arame, e a única coisa que eles sabem fazer é repetir sempre os mesmos passos, e também peço perdão pelos caçadores sonolentos e tediosos em sua música, isso também tem seus motivos. A cesta com os confeitos está bem à frente deles, nas árvores de Natal, porém está pendurada um pouco alto demais! Mas vamos avançar um pouco no nosso passeio?

– Achei tudo muito bonito, tudo me agradou muito! – disse Marie, levantando-se e seguindo os passos do Quebra-Nozes.

Eles seguiram ao longo de um riacho que sussurrava suavemente e parecia exalar todos os tipos de aromas deliciosos, que preenchiam a floresta inteira.

– É o córrego das Laranjas – disse o Quebra-Nozes quando ela lhe perguntou –, mas, exceto pelo seu perfume, ele não pode ser comparado em tamanho nem em beleza ao rio da Limonada, que, como ele, desemboca no lago de Leite de Amêndoas. De fato, Marie logo ouviu um ruído mais forte de água e avistou a larga corrente serpenteando junto à ramagem, que luzia como faiscantes pedras preciosas. Um frescor se erguia da maravilhosa superfície ondulante, revigorando o peito e o coração. Não longe dali uma corrente de água amarela escura arrastava-se vagarosamente, exalando aromas extraordinariamente doces, e às suas margens estavam sentadas muitas lindas criancinhas, pescando peixinhos que eram logo comidos; chegando mais perto, Marie percebeu que eles se pareciam com avelãs. A uma certa distância via-se um pequeno povoado às margens do rio, muito agradável. As moradas, a igreja, a casa paroquial e os celeiros, tudo era marrom-escuro, enfeitado com telhados dourados, e muitas paredes eram coloridas como se alguém tivesse colado cascas de limão cristalizadas e amêndoas sobre elas.

— Essa é a aldeia do Pão de Mel — disse o Quebra-Nozes —, que se encontra à beira do rio de Mel. Ali vivem pessoas muito bonitas, mas a maior parte delas está sempre aborrecida porque sofrem muito de dor de dente. É melhor não irmos para lá.

Nesse mesmo instante, Marie notou uma cidadezinha toda feita de casinhas coloridas e transparentes, muito bonita de se ver. O Quebra-Nozes se encaminhou direto para lá, e então ouviu um ruído muito animado e viu milhares de graciosas pessoinhas ocupadas em examinar e descarregar várias carruagens que estavam estacionadas diante do mercado. E o que eles tiravam da carruagem parecia papel de embrulho e tabletes de chocolate.

— Aqui estamos em Caramelópolis — disse o Quebra-Nozes. Acaba de chegar uma grande remessa da Terra do Papel e do rei do Chocolate. Recentemente, os pobres caramelopolitanos foram ameaçados pelo exército do marechal dos Mosquitos, e por esse motivo eles estão revestindo suas casas com os materiais da Terra do Papel e construindo trincheiras com as ferramentas que lhes foram enviadas pelo rei do Chocolate. Mas, querida srta. Stahlbaum, não queremos visitar todas as cidadezinhas e aldeias deste país. À capital! À capital!

O Quebra-Nozes apressou-se em seguir adiante, e Marie, cheia de curiosidade, foi atrás. Não demorou muito para que eles sentissem um esplêndido perfume de rosas vindo do chão, e tudo parecia cercado por um halo rosado e brilhante. Marie compreendeu que se tratava do reflexo de uma água reluzente e rosada que ondeava diante deles, sussurrando melodias e sons adoráveis. Diante dessa água graciosa, que se alargava mais e mais, num grande lago, nadavam esplêndidos cisnes brancos e prateados, com colares de ouro nos pescoços, competindo entre si para ver quem era capaz de cantar a canção mais linda, enquanto peixinhos de diamante saltavam das ondas rosadas e voltavam a mergulhar, como se estivessem dançando.

– Ah! – exclamou Marie entusiasmada. – Ah! Esse é o lago que, certa vez, o Padrinho Drosselmeier queria fazer, é sim, e eu mesma sou a menina que vai acariciar o querido cisnezinho.

O pequeno Quebra-Nozes riu com sarcasmo, de um jeito que Marie nunca tinha visto antes, e então disse:

– Mas o tio jamais seria capaz de construir uma coisa assim. A senhora talvez sim, querida srta. Stahlbaum. Mas não vamos ficar cogitando sobre isso, vamos embarcar para cruzar o lago das Rosas em direção à capital.

A CAPITAL

O pequeno Quebra-Nozes voltou a bater suas palminhas e então a água do lago das Rosas começou a se agitar mais, as ondas começaram a se erguer, mais e mais altas, e Marie percebeu que, de longe, vinha um barco em forma de concha, feito de muitas pedras preciosas que faiscavam como o sol, puxado por dois golfinhos com escamas douradas. Doze adoráveis pequenos mouros, com boinas e aventais feitos de penas de colibris, desembarcaram e levaram primeiro Marie e depois o Quebra-Nozes a bordo, e então começaram a navegar. Que lindo era flutuar assim, envolta

pelo perfume de rosas e cercada pelas ondas rosadas! Os dois golfinhos com escamas de ouro erguiam-se lançando no ar jatos d'água cristalinos que, conforme caíam de volta na água, formavam arcos reluzentes e faiscantes, e ouvia-se como que duas graciosas e agudas vozes de prata:

— Quem no lago rosado nada? A fada! Mosquitinhos! Blim blim. Peixinhos! Zim, zim. Cisnes! Cisnes! Pássaro de ouro! Taratatá. Ondas corram, soem, cantem, soprem e jorrem. A fadinha com seu encanto vem já. Ondas rosadas refrescantes rolam para cá!

Mas os doze pequenos mouros, que tinham saltado a bordo na proa do barco em forma de concha, pareciam incomodados com o canto dos jatos d'água, pois sacudiam com tanta força seus guarda-chuvas que as folhas das tamareiras, das quais eles eram feitos, estalavam, enquanto eles batiam seus pés num ritmo estranho e cantavam:

— Klap e klip, klip e klap, para cima e para baixo, o canto dos mouros não pode parar, mexam-se peixes, mexam-se cisnes e barco-concha, klap e klip, klip e klap, para cima e para baixo, sempre a retumbar!

— Os mouros são animados — disse o Quebra-Nozes um pouco incomodado —, mas eles vão acabar deixando o lago inteiro revolto.

De fato, logo teve início um embriagante ruído de vozes maravilhosas, que pareciam flutuar sobre as águas, porém Marie não lhes deu atenção, preferindo olhar para as ondas rosadas, e em cada uma delas um rostinho gracioso de menina lhe sorria.

– Ah! – exclamou ela contente, juntando as mãozinhas. – Ah! Olhe, querido sr. Drosselmeier! Ali embaixo está a princesa Pirlipat, sorrindo para mim, tão amável. Ah! Olhe, sr. Drosselmeier!

O Quebra-Nozes, porém, suspirou quase em tom de lamento:

– Excelente srta. Stahlbaum, essa não é a princesa Pirlipat, essa é a senhora, a senhora mesma! É sempre seu gracioso rostinho que sorri amável em cada uma das ondas rosadas.

Então Marie recuou, cerrou os olhos com força e enrubesceu. No mesmo instante os doze mouros a ergueram e a levaram para a terra firme. Ela se viu em meio a um arvoredo que parecia ainda mais bonito do que a floresta do Natal, de tanto que tudo ao redor resplandecia. Havia esplêndidas e raras frutas para se admirar, pendendo de todas as árvores, de cores muito peculiares e exalando perfumes maravilhosos.

– Estamos no bosque das Geleias – disse o Quebra-Nozes –, mas ali está a capital.

O que viu Marie! Como posso começar a descrever para vocês, crianças, as belezas e os esplendores da cidade que ali se estendia, sobre um rico prado florido, diante de seus olhos? Muralhas e torres erguiam-se nas mais esplêndidas cores, e as construções tinham formas tais que nunca se vira nada parecido em toda a Terra. Pois, em vez de telhados, as casas eram cobertas por coroas graciosamente trançadas, e ao redor das torres vicejava a mais linda e colorida folhagem já vista. Quando eles atravessaram o portal da cidade, que parecia feito de frutas cristalizadas e biscoitos confeitados, soldados de prata apresentaram suas armas e um homenzinho vestindo um traje adamascado abraçou o Quebra-Nozes, dizendo:

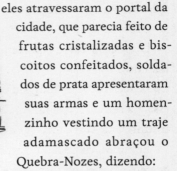

— Bem-vindo, oh nobre príncipe, bem-vindo a Confeitoburgo!

Marie admirou-se muito ao perceber que o jovem Drosselmeier era reconhecido como príncipe por um homem tão distinto. Mas então ela ouviu tantas vozinhas agudas sobrepondo-se umas às outras, e tantos gritos e gargalhadas, e tantas canções e brincadeiras, que não foi capaz de pensar em mais nada e perguntou logo ao pequeno Quebra-Nozes o que significava tudo aquilo.

— Estimada srta. Stahlbaum — respondeu o Quebra-Nozes —, isso não é nada de especial. Confeitoburgo é uma cidade grande e animada e todos os dias aqui são assim, mas, por favor, vamos adiante!

Em poucos passos chegaram à grande praça do Mercado, que lhes proporcionou a mais linda vista. Todas as casas à volta eram feitas de filigranas de açúcar, com lindas galerias sobrepostas umas às outras e, no centro da praça, um grande bolo de Natal confeitado fazia as vezes de obelisco. Em torno dele, quatro lindíssimas fontes jorravam xarope de amêndoas, limonada e outras maravilhosas bebidas doces, enquanto no espelho d'água formava-se um creme que convidava a ser sorvido às colheradas, imediatamente. Porém, mais lindas do que tudo eram as adoráveis pessoinhas que se encontravam ali, aos milhares, uma junto da outra, e que se divertiam e riam e brincavam e cantavam, produzindo o clamor que Marie ouvira de longe. Damas e cavalheiros bem-vestidos, armênios e gregos, judeus e tiroleses, oficiais e soldados, sacerdotes e pastores e bufões, enfim, todo tipo de gente que existe na face da Terra. Num dos lados da praça o tumulto aumentou, o

povo se afastou, pois, justo naquele instante, o Grão-Mogol era levado sobre um palanque, acompanhado por noventa e três dignitários do reino e setecentos escravos. Do outro lado da praça, a corporação dos pescadores, com quinhentos membros, realizava um desfile festivo e, infelizmente, o grande soberano turco tivera a ideia de passear a cavalo pela praça acompanhado de seus trezentos janízaros, aos quais se juntava, também, o grande cortejo das Festas das Oferendas Interrompidas, com sua música retumbante e seus cânticos solenes, que diziam "Ergamo-nos, agradeçamos ao poderoso Sol", dirigindo-se ao bolo de Natal.

Que tumulto, que confusão, que movimento, que clamor! E logo ouviram-se também gritos lamentosos, pois, em meio à confusão, um pescador cortara a cabeça de um brâmane e o Grão-Mogol quase fora atropelado por um bufão. O barulho se tornava mais e mais intenso, e as pessoas já começavam a bater umas nas outras, quando o homem de trajes finos, que cumprimentara o Quebra-Nozes no portal chamando-o de príncipe, trepou no bolo de Natal e, depois de fazer soar três vezes um sino muito agudo, gritou três vezes:

– Confeiteiro! Confeiteiro! Confeiteiro!

Imediatamente o tumulto cessou, cada qual tentando livrar-se do apuro da melhor maneira possível e, depois que os cortejos embaralhados se separaram uns dos outros, e depois que o Grão-Mogol, que fora emporcalhado, se limpou, e depois que a cabeça do brâmane foi colocada de volta no lugar, o alegre rebuliço recomeçou.

– Por que esses chamados pelo confeiteiro, meu bom sr. Drosselmeier? – perguntou Marie.

– Ah! Prezada srta. Stahlbaum! – respondeu o Quebra-Nozes. – Confeiteiro, aqui, é o nome de uma força desconhecida, mas muito assustadora, que se acredita que seja capaz de fazer o que *bem* entender de uma pessoa. É o destino que rege esse pequeno e alegre povo, e eles o temem a tal ponto que a simples menção do nome basta para silenciar um grande tumulto, como acaba de demonstrar o sr. prefeito. Cada qual deixa de pensar em assuntos terrenos, em encontrões e em galos na cabeça, e se volta para si mesmo e se pergunta: "O que é um ser humano e no que um ser humano pode se transformar?"

Marie não pôde conter um grito de admiração, sim, de espanto, quando subitamente se viu diante de um castelo com cem torres muito altas, que reluzia com um brilho rosado. Aqui e ali, ricos buquês de violetas, narcisos, tulipas e goivos enfeitavam as paredes, e seus tons fortes e incandescentes realçavam o brilho rosado. A grande cúpula central, assim como os telhados piramidais das torres, era decorada com milhares de pedrinhas faiscantes, douradas e prateadas.

– Estamos diante do castelo de Marzipã – disse o Quebra-Nozes.

Marie contemplava perdida aquele palácio encantado, mas não deixou de reparar que faltava o telhado de uma das torres, o qual uns homenzinhos sobre andaimes de canela em pau pareciam querer reconstruir. Antes que ela pudesse indagar o Quebra-Nozes a esse respeito, ele prosseguiu:

– Há pouco tempo, esse lindo castelo correu o risco de ser destruído, senão de desaparecer por completo. O gigante Boca Gulosa passou por aqui, devorou com uma mordida o telhado daquela torre e já estava começando a morder a grande cúpula, mas os cidadãos de Confeitoburgo lhe trouxeram como tributo um bairro inteiro, e ainda um pedaço considerável do bosque das Geleias, com o que ele se deu por satisfeito, e então partiu.

Nesse instante, soou uma música muito agradável, os portões do castelo se abriram e doze pequenos pajens saíram, trazendo bastõezinhos de cravo acesos, que eles levavam nas mãos como se fossem tochas. Suas cabeças consistiam de uma pérola, seus corpos eram feitos de rubis e esmeraldas e, além disso, caminhavam sobre pezinhos muito graciosos, feitos de ouro puro. Eram seguidos por quatro damas, quase do tamanho da srta. Klärchen de Marie, mas tão extraordinariamente bonitas e bem-arrumadas que Marie imediatamente reconheceu que eram princesas de nascimento. Elas abraçaram o pequeno Quebra-Nozes com muita ternura, exclamando, chorosas de tanta alegria:

– Oh! Meu príncipe! Meu querido príncipe! Meu irmão!

O Quebra-Nozes parecia muito comovido e por várias vezes secou as lágrimas, tomando então Marie pela mão e dizendo, muito emocionado:

– Essa é a srta. Marie Stahlbaum, filha de um médico muito famoso. Ela salvou a minha vida! Não fosse ela atirar seu sapato na hora certa e me conseguir a espada do capitão aposentado, eu a esta hora estaria deitado no túmulo, despedaçado pelos dentes do maldito Rei dos Camundongos. Oh! Essa srta. Stahlbaum! Acaso Pirlipat, mesmo sendo uma princesa por nascimento, pode ser comparada a ela em beleza, em bondade e em virtude? Não! Eu digo que não!

E todas as damas exclamaram:

– Não! – e abraçaram Marie, soluçando. – Oh! Nobre salvadora do príncipe, nosso amado irmão! Excelente srta. Stahlbaum!

Então acompanharam Marie e o Quebra-Nozes até o interior do castelo, entrando numa sala cujas paredes eram feitas de milhares de cristais coloridos e faiscantes. Porém, o que agradou a Marie mais do que tudo foram as adoráveis pequenas cadeiras, mesas, cômodas e escrivaninhas, e outras peças de mobília dispostas ali, todas elas feitas de cedro ou de pau-brasil e decoradas com flores douradas. As princesas fizeram com que Marie e o Quebra-Nozes se sentassem e disseram que elas próprias iriam preparar-lhes uma refeição. Apanharam várias panelinhas e tigelinhas da mais fina porcelana japonesa, colheres, facas e garfos, raladores, caçarolas e outros utensílios de cozinha feitos de ouro e de prata. Trouxeram então as mais lindas frutas e confeitos, como Marie nunca tinha visto, e começaram, muito graciosamente, a espremer as frutas com as mãozinhas brancas como neve, a ralar as especiarias e as amêndoas doces, enfim, a elaborar tudo de maneira que Marie foi capaz de perceber como as princesas eram habilidosas na cozinha e que refeição deliciosa estavam preparando. Com a viva sensação de que também entendia desses afazeres, ela desejava secretamente poder participar na atividade das princesas. A mais linda das irmãs do Quebra-Nozes, como se tivesse adivinhado o desejo de Marie, passou-lhe um pequeno almofariz de ouro, dizendo:

— Querida amiga, cara salvadora de meu irmão, moa um pouco desse pedaço de rapadura!

E quando Marie começou a moer alegremente, fazendo o almofariz ressoar com elegância e suavidade como se esti-

vesse cantando uma linda canção, o Quebra-Nozes começou a narrar em detalhes como se dera a terrível batalha contra o exército do Rei dos Camundongos, como ele fora derrotado pela covardia das suas tropas e como o abominável Rei dos Camundongos queria despedaçá-lo a dentadas, motivo pelo qual Marie tinha sido obrigada a sacrificar muitos dos vassalos que se colocaram a seu serviço, e assim por diante. Enquanto isso, Marie foi tendo a sensação de que as palavras dele e o ruído do almofariz soavam cada vez mais longe e inaudíveis, e logo ela viu gazes prateadas subindo como névoas finíssimas, em meio às quais as princesas, os pajens, o Quebra-Nozes e ela mesma flutuavam. Uma estranha canção e um zumbido fizeram-se ouvir, parecendo desfalecer ao longe. E então Marie foi erguida, como que levada por ondas, cada vez mais alto e mais alto, mais alto e mais alto, mais alto e mais alto.

Final

Prrr... pufff! Marie despencou de uma altura enorme. Que tombo! Mas logo ela tornou a abrir os olhos e viu que estava deitada em sua caminha, era dia claro e sua Mãe, diante dela, dizia:

— Como pode alguém dormir tanto? O café da manhã já está pronto há muito tempo!

Vocês estão percebendo, respeitável público aqui reunido, que Marie, completamente embriagada pelas maravilhas que tinha visto, finalmente adormecera na sala do castelo de Marzipã e que os mouros ou os pajens, ou talvez as próprias princesas, a tinham trazido de volta para casa, colocando-a na cama.

— Mãe! Querida Mãe! A que lugares me levou essa noite o jovem sr. Drosselmeier! Vi coisas maravilhosas!

Então ela se pôs a contar tudo, quase tão detalhadamente como eu acabo de lhes contar, enquanto a Mãe a olhava, muito admirada. E, quando Marie terminou, a Mãe disse:

— Você teve um sonho longo e muito bonito, querida Marie, mas agora tire tudo isso da cabeça.

Marie insistiu que não tinha sonhado e que, sim, tinha visto tudo aquilo. Então a Mãe a levou para junto do armário envidraçado, apanhou o quebra-nozes, que como sempre estava na terceira prateleira, e disse:

— Como você pode acreditar que esse boneco de madeira de Nuremberg tenha vida e movimentos, sua menina ingênua?

— Mas, Mãe querida — retrucou Marie —, eu sei muito bem que o pequeno Quebra-Nozes é, na verdade, o jovem sr. Drosselmeier de Nuremberg, o sobrinho do Padrinho Drosselmeier.

E a isso o dr. Stahlbaum e sua esposa começaram a gargalhar sonoramente.

— Ah! — continuou Marie quase chorando. — Querido Pai, você está rindo do meu Quebra-Nozes, mas ele falou muito bem de você quando chegamos ao castelo de Marzipã e ele me apresentou a suas irmãs, as princesas, dizendo que você era um médico muito famoso!

As gargalhadas se tornaram ainda mais fortes, pois Luise e até Fritz se juntaram a elas. Marie correu então para o quarto, pegou em sua caixinha as sete pequenas coroas do Rei dos Camundongos e entregou-as à Mãe, dizendo:

— Veja, querida Mãe, essas são as sete coroas do Rei dos Camundongos que me foram entregues ontem à noite pelo jovem sr. Drosselmeier como sinal de sua vitória.

Muito espantada, a Mãe olhou para as pequenas coroas, que eram feitas de um metal desconhecido mas muito brilhante, e tão bem-trabalhadas que parecia impossível que tivessem sido feitas por mãos humanas. O Pai também ficou olhando para as coroinhas, e ambos se puseram a interrogar Marie para descobrir como ela tinha aquilo. Mas ela insistiu no que já dissera, e, quando o Pai a advertiu e até a acusou de ser uma pequena mentirosa, ela começou a chorar amargamente e a se lamentar:

— Ai, pobre de mim! Pobre de mim! O que mais posso dizer?

Nesse instante a porta se abriu. O Desembargador entrou e exclamou:

— O que é isso? O que é isso? Minha querida afilhada está chorando e soluçando? O que está acontecendo? O que está acontecendo?

O dr. Stahlbaum lhe explicou tudo o que tinha acontecido, mostrando-lhe as pequenas coroas. E, mal o Desembargador as avistou, começou a rir:

— Que loucura! Que loucura! Essas são as coroinhas que, anos atrás, pendiam da corrente do meu relógio, e que dei de presente de aniversário a Marie quando ela fez dois anos! Vocês já se esqueceram?

Nem o doutor nem sua esposa eram capazes de se lembrar disso, mas, quando Marie percebeu que a expressão no rosto dos pais tinha se tornado outra vez amigável, correu em direção ao Padrinho Drosselmeier e exclamou:

– Ah! Padrinho Drosselmeier, você sabe de tudo! Diga você mesmo que o meu Quebra-Nozes é seu sobrinho, o jovem sr. Drosselmeier de Nuremberg, e que foi ele quem me deu as coroas de presente!

Mas o Desembargador fez uma cara muito séria e murmurou:

– Que tolice! Que ingenuidade!

Então o Pai colocou a pequena Marie diante de si e falou, num tom muito sério:

– Escute, Marie, agora deixe de lado essas fantasias e essas histórias, e se você disser mais uma única vez que o tolo e deformado Quebra-Nozes é o sobrinho do sr. Desembargador vou jogá-lo pela janela junto com todas as suas bonecas, inclusive a srta. Klärchen!

A pobre Marie ficou então proibida de falar a respeito daquilo, que estava em seu coração, pois vocês bem podem imaginar que é impossível uma pessoa se esquecer de coisas tão maravilhosas e bonitas como as que lhe aconteceram. E, prezado leitor ou ouvinte Fritz, até mesmo seu colega Fritz Stahlbaum passou a virar as costas para sua irmã quando ela queria lhe falar sobre o reino maravilhoso no qual tinha sido tão feliz. Segundo se conta, às vezes ele até resmungava entre os dentes:

— Tola! Pata-choca!

Mas não posso acreditar que isso seja verdade, porque ele, como já foi demonstrado, era uma pessoa de boa índole. Seja como for, como a partir daquele dia ele deixou de acreditar em tudo o que Marie lhe contava, ele restituiu a seus hussardos, em meio a um desfile, tudo o que lhes tomara injustamente, e ainda mais: em vez de simplesmente lhes devolver as insígnias, deu-lhes penachos feitos de penas de ganso, muito mais altos e mais bonitos que os antigos, e os autorizou a voltarem a executar a "Marcha da guarda dos hussardos". Mas nós é que sabemos como se encontrava o ânimo dos hussardos quando, atingidas pelas feias bolinhas, suas jaquetas vermelhas se encheram de manchas.

Marie ficou proibida de voltar a falar sobre sua aventura, mas as imagens daquele reino maravilhoso de fadas pairavam à sua volta como doces murmúrios e graciosas e adoráveis melodias. Sempre que fixava seu pensamento nelas, revia tudo aquilo, e foi assim que, em vez de brincar como de costume, ela passou a ser capaz de permanecer quieta e imóvel, ensimesmada, e por isso todos passaram a criticá-la e chamá-la de sonhadora.

Certo dia, o Desembargador estava consertando um relógio na casa do dr. Stahlbaum. Marie, sentada junto ao armário envidraçado, olhava para o Quebra-Nozes, mergulhada em seus devaneios. E então, como que involuntariamente, ela começou a falar:

– Ah! Querido sr. Drosselmeier, se fosse verdade que o senhor tem vida, eu não faria como a princesa Pirlipat, que o desprezou só porque, para me salvar, o senhor deixou de ser um lindo jovem!

Nesse momento o Desembargador gritou:

– Ei! Ei! Que disparate!

Mas, no mesmo instante, ouviram-se também estalos e batidas tão fortes que Marie desmaiou, caindo da cadeira. Quando ela despertou novamente, a Mãe estava a seu lado e dizia:

– Como é possível que você, uma menina tão grande, caia da cadeira? Veja! O sobrinho do sr. Desembargador acaba de chegar de Nuremberg! Trate de se comportar!

Ela levantou o olhar. O Desembargador colocara de novo sua peruca de vidro, vestira seu paletó amarelo e sorria, muito satisfeito, levando pela mão um jovem de pequena estatura, mas muito bem-formado. Seu rosto pequeno parecia feito de leite e de sangue, ele usava um esplêndido paletó vermelho e dourado, meias de seda brancas e sapatos, e em sua lapela havia um adorável buquê de flores. Tinha os cabelos muito bem-penteados e empoados, e, às suas costas, pendia uma belíssima trança. O pequeno punhal que ele levava preso à cintura dava a impressão de ser cravejado de pedras preciosas, de tanto que reluzia, e o chapeuzinho sob o braço parecia tecido de fios de seda. Os modos elegantes do rapaz foram logo demonstrados, pois ele trouxera para Marie uma série de lindos brinquedos, e também o mais delicioso marzipã e bonecos idênticos aos que tinham sido despedaçados pelo Rei dos Camundongos; para Fritz, trouxe uma lindíssima espada. À mesa, bem-educado, quebrava nozes para todos, mesmo as de casca mais dura: com a mão direita ele as colocava na boca, com a esquerda puxava sua trança e – klak! – a noz se despedaçava! Marie enrubesceu ao olhar para ele, e enrubesceu ainda mais quando, terminada a refeição, ele a convidou para acompanhá-lo até o armário envidraçado na sala de estar.

— Divirtam-se brincando, crianças, agora que todos os meus relógios estão funcionando como devem, não tenho nada a opor — exclamou o Desembargador.

Porém, mal o jovem Drosselmeier se viu sozinho com Marie, dobrou uma perna ajoelhando-se, e disse:

— Minha excelentíssima srta. Stahlbaum, aqui a seus pés está o afortunado Drosselmeier, cuja vida a senhorita salvou, exatamente neste lugar! Teve a bondade de dizer que não pretendia me desprezar, como fez a princesa Pirlipat, por eu ter me tornado feio para salvá-la! No mesmo instante eu deixei de ser um desprezível Quebra-Nozes e recuperei minha forma anterior, que nada tem de desagradável. Oh, excelente donzela, por favor, conceda-me a felicidade de ter sua mão, divida comigo o Reino e a Coroa, reine a meu lado no castelo de Marzipã, pois lá, agora, sou rei!

Marie fez o jovem se levantar e disse, sussurrando:

– Querido sr. Drosselmeier! O senhor é uma pessoa boa e delicada e, como além disso reina sobre um país muito gracioso, com gente muito bonita e divertida, eu o aceito como noivo!

E dessa forma Marie se tornou a noiva de Drosselmeier. Passado um ano, segundo se conta, ele veio para levá-la numa carruagem puxada por cavalos de prata. Em seu casamento dançaram vinte e duas mil das mais esplêndidas figuras, enfeitadas com pérolas e diamantes, e diz-se que ela ainda é a rainha de um país no qual quem tem olhos para tanto pode avistar, em toda parte, florestas de Natal faiscantes, castelos de marzipã transparentes e as coisas mais esplêndidas e mais maravilhosas.

Essa foi a história do Quebra-Nozes e do Rei dos Camundongos.

1ª EDIÇÃO [2018] 8 reimpressões

ESTA OBRA FOI COMPOSTA POR MARI TABOADA EM
LIVORY E IMPRESSA EM OFSETE PELA GEOGRÁFICA
SOBRE PAPEL PÓLEN DA SUZANO S.A. PARA
A EDITORA SCHWARCZ EM AGOSTO DE 2024

A marca FSC® é a garantia de que a madeira utilizada na fabricação do papel deste livro provém de florestas que foram gerenciadas de maneira ambientalmente correta, socialmente justa e economicamente viável, além de outras fontes de origem controlada.

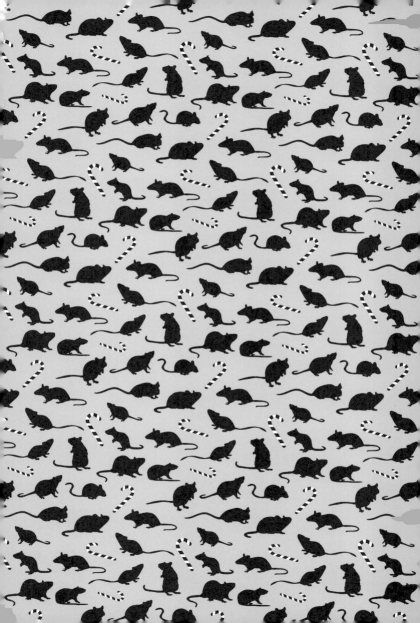

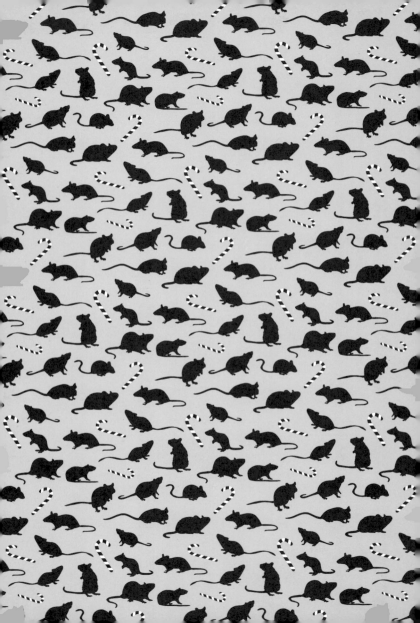